D1729731

mia couto

o fio das missangas

mia couto

o fio das missangas

9.ª edição

CAMINHO

Título: O Fio das Missangas
Autor: Mia Couto
© Editorial Caminho, 2008
Capa: Rui Garrido

Paginação: Leya, SA
Impressão e acabamento: Multitipo
9.ª edição
Tiragem: 1000 exemplares
Data de impressão: junho de 2016
Depósito legal n.º 410 864/16
ISBN: 978-972-21-2698-4

Editorial Caminho, SA
Uma editora do Grupo Leya
Rua Cidade de Córdova, n.º 2
2610-038 Alfragide – Portugal
www.caminho.leya.com
www.leya.com

A missanga, todas a veem.

Ninguém nota o fio que,
em colar vistoso, vai compondo as missangas.

Também assim é a voz do poeta:
um fio de silêncio costurando o tempo.

Índice

As três irmãs

Eram três: Gilda, Flornela e Evelina. Filhas do viúvo Rosaldo que, desde que a mulher falecera, se isolara tanto e tão longe que as moças se esqueceram até do sotaque de outros pensamentos. O fruto se sabe maduro pela mão de quem o apanha. Pois, as irmãs nem deram conta do seu crescer: virgens, sem amores nem paixões. O destino que Rosaldo semeara nelas: o serem filhas exclusivas e definitivas. Assim postas e não expostas, as meninas dele seriam sempre e para sempre. Suas três filhas, cada uma feita para um socorro: saudade, frio e fome.

Olhemos as meninas, uma por uma, espreitamos o seu silencioso e adiado ser.

Gilda, a rimeira

Gilda, a mais velha, sabia rimar. O pai deu contorno ao futuro: a moça seria poetisa. Mais ela versejava, menos a vida nela versava. Esse era o cálculo de Rosaldo: quem assim sabe rimar, ordena o mundo como um jardineiro. E os jardineiros impedem a brava natureza de ser bravia, nos protegem dos impuros matos.

Todas as tardes, Gilda trazia para o jardim um volumoso dicionário. O gesto contido, o olhar regrado, o silêncio esmerado. Até o seu sentar-se era educado: só o vestido suspirava. Molhava o dedo sapudo para folhear o grande livro. Aquele dedo não requebrava, como se dela não recebesse nervo. Era um dedo sem sexo: só com nexo. Em voz alta, consoava as tónicas: sol, bemol, anzol...

De quando em quando, uma brisa desarrumava os arbustos. E o coração de Gilda se despenteava. Mas logo ela se compunha e, de novo, caligrafava. Contudo, a rima não gerava poema. Ao contrário, cumpria a função de afastar a poesia, essa que morava onde havia coração. Enquanto bordava versos, a mais velha das três irmãs não notava como o mundo fosforecia em seu redor. Sem saber, Gilda estava cometendo suicídio. Se nunca chegou ao fim, foi por falta de adequada rima.

Flornela: a receitista

A do meio, Flornela, se gastava em culinárias ocupações. No escuro húmido da cozinha, ela copiava as velhas receitas, uma a uma. Redigia palavra por palavra, devagar, como quem põe flores em caixão. Depois, se erguia lenta, limpava as mãos suadas e acertava panelas e fogo. Dobrada sobre o forno como a parteira se anicha ante o mistério do nascer.

Por vezes, seus seios se agitavam, seus olhos taquicardíacos traindo acometimentos de sonhos. E até, de quando em quando, o esboço de um cantar lhe surgia. Mas ela apagava a voz como quem baixa o fogo, embargando a labaredazinha que, sob o tacho, se insinuava.

Os fumos da cozinha já se tinham pegado aos olhos, brumecido seu coração de moça. Se um dia ela dedicasse seu peito seria a um cheiro, cumprindo uma engordurada receita.

Evelina: a bordadeira

Na varanda, ia bordando Evelina, a mais nova. Seus olhos eram assim de nascença ou tinham clareado de tanto bordar? Certa vez, ela se riu e foi tão tardio, que se corrigiu como se alma estrangeira à boca lhe tivesse aflorado.

Lhe doía se lhe dissessem ser bonita. Mas não diziam. Porque além do pai, só por ali havia as irmãs. E, a essas, era interdito falar de beleza. As irmãs faziam ponto final. Ela, em seu ponto, não tinha fim.

Dizem que bordava aves como se, no tecido, ela transferisse o seu calcado voo. Recurvada, porém, Evelina, nunca olhava o céu. Mas isso não era o pior. Grave era ela nunca ter sido olhada pelo céu.

Às vezes, de intenção, ela se picava. Ficava a ver a gota engravidar no dedo. Depois, quando o vermelho se excedia, escorrediço, ela nem injuriava. Aquele sangue, fora do corpo, era o seu desvairo, o convocar da amorosa mácula.

Em ocasiões, outras, sobre o pano pingavam cristalindas tristezas. Chorava a morte da mãe? Não. Evelina chorava a sua própria morte.

Três por todas e todas por nenhum

Mas eis: uma súbita vez, passou por ali um formoso jovem. E foi como se a terra tivesse batido à porta de suas vidas. Tremeu a agulha de Evelina, queimou-se o guisado de Flornela, desrimou-se o coração de Gilda.

No tecido, no texto, na panela, as irmãs não mais encontraram espelho. Sucedeu foi um salto na casa, um assalto no peito. As jovens banharam-se, pentearam-se, aromaram-se. Água, pente, perfume: vinganças contra o tudo que não viveram. Gilda rimou «vida» com «nudez», Flornela condimentou afrodisiacamente, Evelina transparentou o vestido. Ardores querem-se aplacados, amores querem-se deitados. E preparava-se o desfecho do adiado destino.

Logo-logo, as irmãs notaram o olhar toldado do pai. Rosaldo não tirava atenção do intruso. Não, ele não levaria as suas meninas! Onde quer que o jovem vagueasse, o velho pai se aduncava, em pouso rapineiro. Até que, certa noite, Rosaldo seguiu o moço até à frondosa figueira. Seu passo firme fez estremecer as donzelas: não havia sombra na dúvida, o pai decidira por cobro à aparição. Cortar o mal e a raiz.

As três irmãs correram, furtivas, entre as penumbras e seguiram a cena a visível distância. E viram e ouviram. Rosaldo se achegando ao visitante e lhe apertando os engasganetes. A voz rouca, afogada no borbulhar do sangue:

— *Você, não se meta com minhas filhas!*

O moço, encachoado, rosto a meia haste. E ante o terror das filhas, o braço ríspido de Rosaldo puxou o corpo do jovem. Mas eis que o mundo desaba em visão. E os dois homens se beijaram, terna e eternamente. Estrelas e espantos brilharam nos olhos das três irmãs, nas mãos que se apertaram em secreta congeminação de vingança.

Há muitos sóis. Dias é que só há um. Para Rosaldo e o visitante, esse foi o dia. O derradeiro.

O homem cadente

Quando me vieram chamar, nem acreditei:
— *É Zuzézinho! Está caindo do prédio.*
E as gentes, em volta, se depressavam para o sucedido. Me juntei às correrias, a pergunta zaranzeando: o homem estava caindo? Aquele gerúndio era um desmando nas graves leis da gravidade: quem cai, já caiu.

Enquanto corria, meu coração se constringia. Antevia meu velho amigo estatelado na calçada. Que sucedera para se suicidar, desabismado? Que tropeção derrubara a sua vida? Podia ser tudo: os tempos de hoje são lixívia, descolorindo os encantos.

Me aproximava do prédio e já me aranhava na multidão. Coisa de inacreditar: olhavam todos para cima. Quando fitei os céus, ainda mais me perturbei: lá estava, pairando como águia real, o

Zuzé Neto. O próprio José Antunes Marques Neto, em artes de aero-anjo. Estava caindo? Se sim, vinha mais lento que o planar do planeta pelos céus.

Atirara-se quando? Já na noite anterior, mas o povo só notara no sequente dia. Amontara-se logo a mundidão e, num fósforo, se fabricaram explicações, epistemologias. Que aquilo provinha de ele ter existência limpa: lhe dava a requerida leveza. Fosse um político e, com o peso da consciência, desfechava logo de focinho. Outros se opunham: naquele estado de pelicano, o cidadão fugia era de suas dívidas. Ninguém cobra no ar.

Houve até versão dedicadamente cristã. Um mirone, longilongo, vestido como se coubesse numa só manga, bradejou apontando o firmamento:

— *Aquilo, meus senhores, é o novo Cristo.*

E o magricela prosseguiu, em berros: Cristo nos escancarou as portas de quê? Do céu, caros confrades. Do céu. Pois agora, o supramencionado Zuzé nos mostrava o caminho celestial. E fazia-o sem ter que morrer, o que era uma reconhecida vantagem.

— *Aquilo, meus senhores, é o Cristo descrucificado.*

Mandaram que calasse. Outros, mais práticos, se ocupavam com o que se iria seguir. E vaticinavam um fim, enfim:

— *O tipo vai demorar assim, uma infinidade de dias.*

— *Vai é morrer de sede e fome.*

Se nem na terra se comia nas vigentes condições, quanto menos nas nuvens. A mim me abalava era a urgência de meter mãos na obra. Alguém devia fazer a certeira coisa. E gritei, entre os zunzuns:

— *Chamaram os bombeiros?*

Sim, mas estavam em greve. Estivessem no ativo faria pouca diferença: eles não tinham carros, nem escada, nem vontade. Eram, na verdade, bombeiros bastante involuntários.

Fazia-se tarde, as pessoas reentravam. Ficaram uns quantos, escassos e silenciosos. Voltei a olhar o céu e foquei melhor o meu amigo Zuzé. Seu rosto exalava tais serenidades que parecia dormir. As pernas, estendidas como flamingo, cruzavam nos tornozelos, os braços almofadando a cabeça. Parecia apanhar banhos de céu. Que coisa passaria em sua mente?

Foi quando notei, a meu lado, a moça chorando. Era tão miúda que confundi ser sua filha. Cheguei mesmo a perguntar à jovem. Que filha? Era, sim, sua paixão escondida. Aquilo se convertia em assunto de novela, drama sem faca nem alguidar. Nem valia querer saber. A moça não tinha outra explicação senão a lágrima.

Aos poucos, se retiraram todos. Fiquei eu e a moça. Ela se encostou em meu ombro, parecia adormecida. Não fosse o respingar de sua voz, ladainhando. Continuava chorando? Não. Rezava. Ela rezava para que chovesse. Ao menos, ele beberia gotinhas do céu e não secaria como o tubarão em salmoura. Que a moça tivesse invocado os certos espíritos ou fosse capricho das forças naturais: a verdade é que, no instante, começou a chover. E choveu nos dois seguintes dias.

Onde nada se passa, tudo pode acontecer. E a multidão se foi rendendo, em turnos. Guarda-chuvas encheram o espaço e os receios começaram a ganhar voz:

— *A chover assim, o tipo vai ensopar, ganhar peso e desandar por aí abaixo.*

Os deuses tivessem ouvidos. Parou de chover. E os dias seguintes prosseguiam como se o próprio ar tivesse parado. O voo de Zuzé já era um atrativo da cidade. Negócios vários se instalaram. Turistas adquiriam bilhetes, cicerones do fantástico explicavam versões inéditas de como Zuzé nascera com penas no sovaco e descendia de uma família de secretos voadores. O fulano era o congénito destrapezista. O próprio tio alugava um megafone para que enviassem mensagens e votos de boas bênçãos. Até eu paguei para falar com o meu velho amigo. Quando, porém, me vi com o megafone não soube o que dizer. E devolvi o instrumento.

De facto, vieram as autoridades devidas, por via do chefe máximo das forças policiais se fizeram ouvir por devido altifalante:

— *Desça em nome da lei!*

O político por trás lhe segredava as deixas. As massas, os eleitores, ansiavam por um desempenho.

— *Continue a dar ordens. Continue, mais firme!*
— incitava o político. O porta-voz obedecia, estridenteando:
— *O seu comportamento, caro concidadão, é verdadeiramente antidemocrático.*

Contra os direitos humanos, bichanava o político. Contra a imagem de estabilidade de que a nação carecia, ainda acrescentou o falante. Os doadores internacionais se espantariam com o desacontecimento. Mas Zuzé nem água ia nem água vinha. Sorria, em trejeito malandro.

E, agora, pronto: ponho ponto. Nem me alongo para não esticar engano. Pois tudo o que vos contei, o voo de Zuzé e a multidão cá em baixo, tudo isso de um sonho se tratou. Suspirados fiquemos, de alívio. A realidade é mais rasteira, feita de peso e de pés na terra.

Mas eu, no dia seguinte, não estava certo do meu sossego. E fui ao local para me certificar de quanto eu devaneara. Encontrei tudo arrumado no regime da cidade. Lá estava o céu, vazio de humanos voadores. Só o competente azul, a evasiva nuvem. E os pássaros mais sua avegação. E mais a praça, bem terrestre, desumanamente humana. Tudo sem notícia, tudo pouco sonhável.

De repente, vi a moça. A mesma do sonho. Ela, sem tirar nem opor. E, para mais, continuava olhando os céus. Me cheguei e ela, sem deixar de olhar para o firmamento, sussurrou:
— *Já não o vejo. E o senhor?*
— *Eu, o quê?*

— *O senhor consegue ver Zuzé?*

Menti que sim. Afinal, mais valia um pássaro. Mesmo de fingir. Deixássemos Zuzé voar, ele já não tinha onde tombar. Neste mundo, não há pouso para aves dessas. Onde ele anda, é outro céu.

O cesto

Pela milésima vez me preparo para ir visitar meu marido ao hospital. Passo uma água pela cara, penteio-me com os dedos, endireito o eterno vestido. Há muito que não me detenho no espelho. Sei que, se me olhar, não reconhecerei os olhos que me olham. Tanta vez já fui em visita hospitalar, que eu mesma adoeci. Não foi doença cardíaca, que coração, esse já não o tenho. Nem mal de cabeça porque há muito que embaciei o juízo. Vivo num rio sem fundo, meus pés de noite se levantam da cama e vagueiam para fora do meu corpo. Como se, afinal, o meu marido continuasse dormindo a meu lado e eu, como sempre fiz, me retirasse para outro quarto no meio da noite. Tínhamos não camas separadas, mas sonos apartados.

Hoje será como todos os dias: lhe falarei, junto ao leito, mas ele não me escutará. Não será essa a diferença. Ele nunca me escutou. Diferença está na marmita que adormecerá, sem préstimo, na sua cabeceira. Antes, ele devorava os meus preparados. A comida era onde eu não me via recusada.

Olho em redor: não mais a mesa posta o aguarda, pontual e perfumosa. Antes, eu não tinha hora. Agora perdi o tempo. Qualquer momento é de meu debicar, encostada a um canto, sem toalha nem talheres. Onde eu vivo não é na sombra. É por detrás do sol, onde toda a luz há muito se pôs. Só tenho um caminho: a rua do hospital. Vivo só para um tempo: a visita. Minha única ocupação é o quotidiano cesto onde embalo os presentes para o meu adoecido esposo.

A meu homem deram transfusão de sangue. Para mim, o que eu queria era transfusão de vida, o riso me entrando na veia até me engolir, cobra de sangue me conduzindo à loucura.

Desde o mês passado que evito falar. Prefiro o silêncio, que condiz melhor com a minha alma. Mas o não haver conversa nos deu outro laço entre nós. O silêncio abriu um correio entre mim e o moribundo. Agora, pelo menos, já não sou mais corrigida. Já não recebo enxovalho, ordem de calar, de abafar o riso.

Já me ocorreu trocar fala por escrita. No lugar desse monólogo, eu lhe escreveria cartas. Assim, eu descontaria no sofrer. Nas cartas, o meu homem ganharia distância. Mais que distância: ausência. No papel, eu me permitiria dizer tudo o que nunca ousei.

E renovo promessa: sim, eu lhe escreveria uma carta, feita só de desabotoada gargalhada, decote descaído, feita de tudo o que ele nunca me autorizou. E nessa carta, ganharia coragem e proclamaria:

— *Você, marido, enquanto vivo me impediu de viver. Não me vai fazer gastar mais vida, fazendo demorar, infinita, a despedida.*

Regresso a mim, ajeito no fatídico cesto o farnel do dia, nesse fazer de conta que ele me irá receber, de riso aberto, apetite devorador. Estou de saída, para a minha rotina de visitadora quando, de passagem pelo corredor, reparo que o pano que cobria o espelho havia tombado. Sem querer, noto o meu reflexo. Recuo dois passos e me contemplo como nunca antes o fizera. E descubro a curva do corpo, o meu busto ainda hasteado. Toco o rosto, beijo os dedos, fosse eu outra, antiga e súbita amante de mim. O cesto cai-me da mão, como se tivesse ganhado alma.

Uma força me aproxima do armário. Dele retiro o vestido preto que, faz vinte e cinco anos, meu marido me ofereceu. Vou ao espelho e me cubro, requebrando-me em imóvel dança. As palavras desprendem-se de mim, claras e nítidas:

— *Só peço um oxalá: que eu fique viúva o quanto antes!*

O pedido me surpreende, como se fosse outra que falasse. Poderia eu proferir tão terrível desejo? E, de novo, a minha voz se afirma, certeira:

— *Estou ansiosa que você morra, marido, para estrear este vestido preto.*

O espelho devolve a minha antiquíssima vaidade de mulher, essa que nasceu antes de mim e a que eu nunca pude dar brilho. Nunca antes eu tinha sido bela. No instante, confirmo: o luto me vai bem com meus olhos escuros. Agora, reparo: afinal, nem envelheci. Envelhecer é ser tomado pelo tempo, um modo de ser dono do corpo. E eu nunca amei o suficiente. Como a pedra, que não tem espera nem é esperada, fiquei sem idade.

E experimento, em vertigem, pose e lágrima. No funeral, o choro será assim, queixo erguido para demorar a lágrima, nariz empinado para não fungar. Dessa feita, marido, não será você, mas serei eu o centro. A sua vida me apagou. A sua morte me fará nascer. Oxalá você morra, sim, e quanto antes.

Deponho o vestido na mesa da sala, bato porta e saio rumo ao hospital. Ainda hesito perante o cesto. Nunca antes eu o vira assim, desvalido. Vitória é eu dar costas a esse inutensílio. Pela primeira vez, há céu sobre a minha casa. Na berma do passeio, sinto o aroma dos franjipanis. Só agora reparo que nunca cheirei meu homem. Nem sequer meu nariz não amou nunca. Hoje descubro a rua, feminina. A rua, pela primeira vez, minha irmã.

Na entrada da enfermaria, o milesimamente mesmo enfermeiro me aguarda. Uma sombra lhe espessa o rosto.

— *Seu marido morreu. Foi esta noite.*

Eu estava tão preparada, aquilo já tanto acontecera, que nem procurei amparo. Depois de tanta espera, eu já queria que sucedesse. Mais ainda depois de descobrir no espelho essa luz que, toda a vida, se sepultara em mim.

Saio do hospital à espera de ser tomada por essa nova mulher que em mim se anunciava. Ao contrário de um alívio, porém, me acontece o desabar do relâmpago sem chão onde tombar. Em lugar do queixo altivo, do passo estudado, eu me desalinho em pranto. Regresso a casa, passo desgrenhado, em solitário cortejo pela rua fúnebre. Sobre a minha casa de novo se tinha posto o céu, mais vivo que eu.

Na sala, corrijo o espelho, tapando-o com lençóis, enquanto vou decepando às tiras o vestido escuro. Amanhã, tenho que me lembrar para não preparar o cesto da visita.

Inundação

Há um rio que atravessa a casa. Esse rio, dizem, é o tempo. E as lembranças são peixes nadando ao invés da corrente. Acredito, sim, por educação. Mas não creio. Minhas lembranças são aves. A haver inundação é de céu, repleção de nuvem. Vos guio por essa nuvem, minha lembrança.

A casa, aquela casa nossa, era morada mais da noite que do dia. Estranho, dirão. Noite e dia não são metades, folha e verso? Como podiam o claro e o escuro repartir-se em desigual? Explico. Bastava que a voz de minha mãe em canto se escutasse para que, no mais lúcido meio-dia, se fechasse a noite. Lá fora, a chuva sonhava, tamborileira. E nós éramos meninos para sempre.

Certa vez, porém, de nossa mãe escutámos o pranto. Era um choro delgadinho, um fio de água, um chilrear de morcego. Mão em mão, ficámos à porta do quarto dela. Nossos olhos boquiabertos. Ela só suspirou:

— *Vosso pai já não é meu.*

Apontou o armário e pediu que o abríssemos. A nossos olhos, bem para além do espanto, se revelaram os vestidos envelhecidos que meu pai há muito lhe ofertara. Bastou, porém, a brisa da porta se abrindo para que os vestidos se desfizessem em pó e, como cinzas, se enevoassem pelo chão. Apenas os cabides balançavam, esqueletos sem corpo.

— *E agora* — disse a mãe —, *olhem para estas cartas.*

Eram apaixonados bilhetes, antigos, que minha mãe conservava numa caixa. Mas agora os papéis estavam brancos, toda a tinta se desbotara.

— *Ele foi. Tudo foi.*

Desde então, a mãe se recusou a deitar no leito. Dormia no chão. A ver se o rio do tempo a levava, numa dessas invisíveis enxurradas. Assim dizia, queixosa. Em poucos dias, se aparentou às sombras, desleixando todo seu volume.

— *Quero perder todas as forças. Assim não tenho mais esperas.*

— *Durma na cama, mãe.*

— *Não quero. Que a cama é engolidora de saudade.*

E ela queria guardar aquela saudade. Como se aquela ausência fosse o único troféu de sua vida.

Não tinham passado nem semanas desde que meu pai se volatilizara quando, numa certa noite, não me desceu o sono. Eu estava pressentimental, incapaz de me guardar no leito. Fui ao quarto dos meus pais. Minha mãe lá estava, envolta no lençol até à cabeça. Acordei-a. O seu rosto assomou à penumbra doce que pairava. Estava sorridente.

— *Não faça barulho, meu filho. Não acorde seu pai.*

— *Meu pai?*

— *Seu pai está aqui, muito comigo.*

Levantou-se com cuidado de não desalinhar o lençol. Como se ocultasse algo debaixo do pano. Foi à cozinha e serviu-se de água. Sentei-me com ela, na mesa onde se acumulavam as panelas do jantar.

— *Como eu o chamei, quer saber?*

Tinha sido o seu cantar. Que eu não tinha notado, porque o fizera em surdina. Mas ela cantara, sem parar, desde que ele saíra. E agora, olhando o chão da cozinha, ela dizia:

— *Talvez uma minha voz seja um pano; sim, um pano que limpa o tempo.*

No dia seguinte, a mãe cumpria a vontade de domingo, comparecida na igreja, seu magro joelho cumprimentando a terra. Sabendo que ela iria demorar eu voltei ao seu quarto e ali me deixei por um instante. A porta do armário escancarada deixava entrever as entranhas da sombra. Me aproximei. A surpresa me abalou: de novo se enfunavam os vestidos, cheios de formas e cores. De imediato, me virei a espreitar a caixa onde se guardavam as lembranças de namoro de meus pais. A tinta regressara ao papel, as cartas de meu velho pai se haviam recomposto? Mas não abri. Tive medo. Porque eu, secretamente, sabia a resposta.

Saí no bico do pé, quando senti minha mãe entrando. E me esgueirei pelo quintal, deitando passo na estrada de areia. Ali me retive a contemplar a casa como que irrealizada em pintura. Entendi que por muita que fosse a estrada eu nunca ficaria longe daquele lugar. Nesse instante, escutei o canto doce de minha mãe. Foi quando eu vi a casa esmorecer, engolida por um rio que tudo inundava.

A saia almarrotada

O estar morto é uma mentira.
O morto apenas não sabe parecer vivo.
Quando eu morrer, quero ficar morta.

(Confissão da mulher incendiada)

Na minha vila, a única vila do mundo, as mulheres sonhavam com vestidos novos para saírem. Para serem abraçadas pela felicidade. A mim, quando me deram a saia de rodar, eu me tranquei em casa. Mais que fechada, me apurei invisível, eternamente noturna. Nasci para cozinha, pano e pranto. Ensinaram-me tanta vergonha em sentir prazer, que acabei sentindo prazer em ter vergonha.

Belezas eram para as mulheres de fora. Elas desencobriam as pernas para maravilhações. Eu tinha joelhos era para descansar as mãos. Por isso, perante a oferta do vestido, fiquei dentro, no meu ninho ensombrado. Estava tão habituada a não ter motivo, que me enrolei no velho sofá. Olhei a janela e esperei que, como uma doença, a noite passasse. No dia seguinte, as outras chegariam e me falariam do baile, das lembranças cheias de riso matreiro. E nem inveja sentiria. Mais que o dia seguinte, eu esperava pela vida seguinte.

Minha mãe nunca soletrou meu nome. Ela se calou no meu primeiro choro, tragada pelo silêncio. Única menina entre a filharada, fui cuidada por meu pai e meu tio. Eles me quiseram casta e guardada. Para tratar deles, segundo a inclinação das suas idades.

E assim se fez: desde nascença, o pudor adiou o amor. Quando me deram uma vaidade, eu fui ao fundo. Como o barco do Tio Jonjoão que ele construiu de madeira verde. Todos teimaram que era desapropriado o material. Um arco nos ombros, foi sua resposta. Jonjoão convocou toda a vila para assistir à largada do barco. Dessa vez, até eu desci aos caminhos. Mal se barrigou nas águas do rio, a barcaça foi engolida nas funduras.

— *Maldição* — propalou meu pai, gritando com as nuvens.

Mas eu sabia que não. O barco estava ainda muito cru, a madeira tinha ainda vontade de raiz. Nosso tio não tinha feito um barco para flutuar. *Isso fazem todos*, disse, *é tudo barcos, uns iguais e os outros também*. E acrescentou:

— *Quando secar o rio, o meu barco ainda estará aqui.*

Agora, a saia de roda era o barco na fundura das águas. Uma tristeza de nascença me separava do tempo. As outras moças, das vizinhanças, comiam para não ter fome. Eu comi a própria fome.

— *Filha, venha sentar.*

Não diziam «comer» que era palavra dispendiosa. Diziam «sentar». E apontavam uma estreiteza entre cotovelos em redor da mesa. Os braços se atropelavam, disputando as magras migalhas. Em casa de pobre ser o último é ser nenhum. Assim eu não me servia. Meu coração já me tinha expulso de mim. Estava desalojada das vontades. E esperava ser a última, arriscando nada mais sobrar. Mas havia essa voz que sobrepunha minha existência:

— *Deixem um pouco para a miúda.*

Afinal, sempre eu tinha um socorro. *Um pouco para a miúda*: assim, sem necessidade de nome. Que o meu nome tinha tombado nesse poço escuro em que minha mãe se afundara. E os olhos da família, numerosos e suspensos, a contemplarem a minha mão, atravessando vagarosamente a fome. Não tendo nome, faltava só não ter corpo.

A meu tio, certa vez, ousei inquirir: *quando secar o rio estarei onde?* E ele me respondeu: *o rio vive dentro de si, o barco é que secará.*

Na minha vila, as mulheres cantavam. Eu pranteava. Apenas quando chorava me sobrevinham belezas. Só a lágrima me desnudava, só ela me enfeitava. Na lágrima flutuava a carícia desse homem que viria. Esse aprincesado me iria surpreender. E me iria amar em plena tristeza. Esse homem me daria, por fim, um nome. Para o meu apetite de nascer, tudo seria pouco, nesse momento.

As outras moças esperavam pelo domingo para florescer. Eu me guardava bordando, dobrando as costas para que meus seios não desabrochassem. Cresci assim, querendo que o meu peito mirrasse na sombra. As outras moças queriam viver muito diariamente. Eu envelhecendo, a ruga em briga com a gordura. As meninas saltavam idades e destinavam as ancas para as danças. O meu rabo nunca foi louvado por olhar de macho. Minhas nádegas enviuvavam de assento em assento, em acento circunflexo.

Chega-me ainda a voz de meu velho pai como se ele estivesse vivo. Era essa voz que fazia Deus existir. Que me ordenava que ficasse feia, desviçosa a vida inteira. Eu acreditava que nada era mais antigo que meu pai. Sempre ceguei em obediência, enxotando tentações que piripirilampejavam a minha meninice. Obedeci mesmo quando ele ordenou:

— *Vá lá fora e pegue fogo nesse vestido!*

Eu fui ao pátio com a prenda que meu tio secretamente me havia oferecido. Não cumpri. Guiaram-me os mandos do diabo e, numa cova, ocultei esse enfeitiçado enfeite. Lancei, sim, fogo sobre mim mesma. Meus irmãos acorreram, já eu dançava entre labaredas, acarinhada pelas quenturas do enfim. E não eram chamas. Eram as mãos escaldantes do homem que veio tarde, tão tarde que as luzes do baile já haviam esmorecido.

É essa voz que ainda paira, ordenando a minha vez de existir. Ou de comer. E escuto a sua ordem para que a vida me ceda a vez. E pergunto: posso agora, meu pai, agora que eu já tenho mais ruga que pregas tem esse vestido, posso agora me embelezar de vaidades? Fico à espera de sua autorização, enquanto vou ao pátio desenterrar o vestido do baile que não houve. E visto-me com ele, me resplandeço ante o espelho, rodopio para enfunar a roupa. Uma diáfana música me embala pelos corredores da casa.

Agora, estou sentada, olhando a saia rodada, a saia amarfanhosa, almarrotada. E parece que me sento sobre a minha própria vida.

O calor faz parar o mundo. E me faz encalhar no eterno sofá da sala enquanto a minha mão vai alisando o vestido em vagarosa despedida. Em gesto arrastado como se o meu braço atravessasse outra vez a mesa da família. E me solto do vestido. Atravesso o quintal em direção à fogueira. Algum homem me visse, a lágrima tombando com o vestido sobre as chamas: meu coração, depois de tudo, ainda teimava?

O adiado avô

Nossa irmã Glória pariu e foi motivo de contentamentos familiares. Todos festejaram, exceto o nosso velho, Zedmundo Constantino Constante, que recusou ir ao hospital ver a criança. No isolamento de seu quarto hospitalar, Glória chorou babas e aranhas. Todo o dia seus olhos patrulharam a porta do quarto. A presença de nosso pai seria a bênção, tão esperada quanto o seu próprio recém-nascido.

— *Ele há de vir, há de vir.*

Não veio. Foi preciso trazerem o miúdo a nossa casa para que o avô lhe passasse os olhos. Mas foi como um olhar para nada. Ali no berço não estava ninguém. Glória reincidiu no choro. Para ela, era como sofrer as dores de um aborto póstumo. Suplicou a sua mãe Dona Amadalena. Ela que falasse com o pai para que este não mais

a castigasse. Falasse era fraqueza de expressão: a
mãe era muda, a sua voz esquecera de nascer.

O menino disse as primeiras palavras e, logo,
o nosso pai Zedmundo desvalorizou:

— *Bahh!*

Contrariava a alegria geral. À mana Glória já
não restava sombra de glória. Suspirou, na santa
impaciência. Suspiro tão audível, que o velho se
obrigou a destrocar:

— *Aprender a falar é fácil. Com o devido respeito
de vossa mãe. Que não é muda. Só que a voz lhe está
adormecida.*

Nossa mãe — agora, a tão assumida avó Amadalena — sacudiu a cabeça. O homem sempre
acinzentava a nuvem. Mas Zedmundo, no capítu-
lo das falas, tinha a sua razão: nós, pobres, devía-
mos alargar a garganta não para falar, mas para
melhor engolir sapos.

— *E é o que repito: falar é fácil. Custa é aprender
a calar.*

E repetia a infinita e inacabada lembrança,
esse episódio que já conhecíamos de salteado.
Mas escutamos, em nosso respeitoso dever. Que
uma certa vez, o patrão português, perante os restantes operários, lhe intimou:

— *Você, fulano, o que é que pensa?*

Ainda lhe veio à cabeça responder: preto não
pensa, patrão. Mas preferiu ficar calado.

— *Não fala? Tem que falar, meu cabrão.*

Curioso: um regime inteiro para não deixar
nunca o povo falar e a ele o ameaçavam para que

não ficasse calado. E aquilo lhe dava um tal sabor de poder que ele se amarrou no silêncio. E foram insultos. Foram pancadas. E foi prisão. Ele entre os muitos cativos por falarem de mais: o único que pagava por não abrir a boca.

— *Eu tão calado que parecia a vossa mãe, Dona Amadalena, com o devido respeito...*

Meu velho acabou a história e só minha mãe arfou a mostrar saturação. Dona Amadalena sempre falara suspiros. Porém, em tons tão precisos que aquilo se convertera em língua. Amadalena suspirava direito por silêncios tortos.

Os dias passaram mais lestos que as lembranças. Mais breves que as lágrimas de nossa irmã Glória. O neto cumpriu o primeiro aniversário. Nesse mesmo dia, deu os primeiros passos. Houve palmas, risos, copos erguidos. Todos poliram júbilo menos Zedmundo, encostado em seu próprio corpo:

— *Não quero aqui essa gatinhagem, ainda me parte qualquer coisa. Levem-no, levem-no...*

Meu pai não terminou a intimação. Amadalena suspendeu-lhe a palavra com esbracejos, somados ao seu cantar de cegonha. O marido, surpreso:

— *Que é isto, mulher? Já a formiga tem guitarra?*

A mulher puxou-o para o quarto. Ali, no côncavo de suas intimidades, o velho Zedmundo se explicou. Afinal, ele sempre dissera: não queria netos. Os filhos não despejassem ali os frutos do seu sangue.

— *Não quero cá disso. Eu não sou avô, eu sou eu, Zedmundo Constante.*

Agora, ele queria gozar o merecido direito: ser velho. A gente morre ainda com tanta vida!

— *Você não entende, mulher, mas os netos foram inventados para, mais uma vez, nos roubarem a regalia de sermos nós.*

E ainda mais se explicou: *primeiro, não fomos nós porque éramos filhos. Depois, adiámos o ser porque fomos pais. Agora, querem-nos substituir pelo sermos avós.*

A avó ameaçou, estava farta, cansada. Desta vez, dada a quentura do assunto, Amadalena preferiu escrevinhar num papel. Em letra gorda, ela decretou: ou o marido se abrandava ou tudo terminava entre eles. Ele que saísse, procurasse outro lugar. Ou era ela mesma que se retirava. O velho Zedmundo Constante respondeu, sereno:

— *Amadalena, teu nome cabe na palma do meu coração. Mas eu não vou mudar. Se o meu tempo é pouco, então vou gastá-lo com proveito.*

Não saiu ele, nem ela. Quem se mudou foi Glória. Ela e o marido emigrados na cidade. E com eles o menino que era o consolo de nossa mãe. Ela mais emudeceu, em seu já silencioso canto.

Não passaram semanas, nos chegou a notícia — o genro falecera na capital. Nossa irmã, nossa Glorinha perdera o juízo com a viuvez. Internaram-na, desvalida como mulher, desqualificada como mãe. E o menino, mais neto agora, chegava no primeiro machimbombo.

O menino entrou e meu pai saiu. Enquanto se retirava, já meio oculto no escuro ainda disse:

— *Tudo o que você não falou, está certo, Amadalena, mas eu não aguento.*

O nosso pai saiu para onde? Ainda nos oferecemos para o procurar. Mas a mãe negou que fôssemos. O velho Zedmundo nunca tivera nem rumo certo nem destino duradouro. O homem era mais falso que um teto. Voltou dias depois, dizendo-se agredido por bicho feio, quem sabe hiena, quem sabe um bicho subnatural? Surgiu na porta, ficou especado. Ali naquela moldura feita só de luz se confirmava: porta fez-se é para homem sair e mulher estreitar o tempo da espera. Meu velho emagrecera abaixo do tutano, e em seus olhos rebrilhavam as mais gordas lágrimas. Amadalena se assustou: Zedmundo estreava-se em choro. Seu marido perdera realmente o fio de aprumo, sua alma se havia assim tanto desossado?

Depois, toda ela se adoçou, maternalmente. E se aproximou do marido, acatando-o no peito. E sentiu que já não era apenas o espreitar da lágrima. O seu homem se desatava num pranto. Vendo-o assim, babado e minguado, minha mãe entendia que o velho, seu velho homem, queria, afinal, ser sua única atenção.

Conduzindo-o pela mão, minha mãe o fez entrar e lhe mostrou o neto já dormindo. Pela primeira vez, meu pai contemplou o menino como se ele acabasse de nascer. Ou como se ambos fossem recém-nascidos. Com desajeitadas mãos, o velho Zedmundo levantou o bebé e o beijou longamente. Assim demorou como se saboreasse o seu cheiro. Minha mãe corrigiu aquele excesso e fez com que o miúdo voltasse ao quente do colchão. Depois o meu pai se enroscou no desbotado sofá e minha mãe colocou-se por detrás dele a jeito de o embalar em seus braços até que ele adormecesse.

Na manhã seguinte, ainda cedo, encontrei os dois ainda dormidos: meu velho no sofá e, a seu lado, o adiado neto. Minha mãe já tinha saído. Dela restara um bilhete rabiscado por sua mão. Não resisti e espreitei o papel. Era um recado para meu pai. Assim:

«Meu Zedmundo: durma comprido. E trate desse menino, enquanto eu vou à cidade.»

Entre rabiscos, emendas e gatafunhos, o bilhete era mais de ser adivinhado que lido. Dizia que meu pai ainda estava em tempo de ser filho. Culpa era dela, que ela já se tinha esquecido: afinal, meu pai nunca antes fora filho de ninguém. Por isso, não sabia ser avô. Mas agora, ele podia, sem medo, voltar a ser seu filho.

«Seja meu filho, Zedmundo, me deixe ser sua mãe. E vai ver que esse nosso neto nos vai fazer sermos nós, menos sós, mais avós.»

Dobrei o bilhete e o deixei no tampo da mesa. Esperei na varanda que minha mãe chegasse. Eu sabia que ela tinha ido buscar minha irmã Glória. Antes, eu jurara contar esta história a minha irmã. Mas agora, lembro as palavras de meu pai sobre o aprender a calar. E decido que nunca, mas nunca, contarei isto a ninguém. Minha mãe, que é muda, que conte.

Meia culpa, meia própria culpa

Nunca quis. Nem muito, nem parte. Nunca fui eu, nem dona, nem senhora. Sempre fiquei entre o meio e a metade. Nunca passei de meios caminhos, meios desejos, meia saudade. Daí o meu nome: Maria Metade.

Fosse eu invocada por voz de macho. Fosse eu retirada da ausência por desejo de alguém. Me tivesse calhado, ao menos, um homem completo, pessoa acabada. Mas não, me coube a metade de um homem. Se diz, de língua girada: o meu cara-metade. Pois aquele, nem meu, nem cara. E se metade fosse, não seria só a cara, mas todo ele, um semimacho. Para ambos sermos casal, necessitaríamos, enfim, de sermos quatro.

A meu esposo chamavam de Seis. Desde nascença ele nunca ascendeu a pessoa. Em vez de nome lhe puseram um número. O algarismo dizia toda a sua vida: despegava às seis, retornava às seis. Seis irmãos, todos falecidos. Seis empregos, todos perdidos. E acrescento um segredo: seis amantes, todas atuais.

Das poucas vezes que me falou, nunca para mim olhou. Estou ainda por sentir seus olhos pousarem em mim. Nem quando lhe pedi, em momento de amor: que me desaguasse uma atenção. Ao que retorquiu:

— *Tenho mais onde gastar meu tempo.*

Engravidei, certa vez. Mas foi semiprenhez. Desconcebi, em meio tempo, meio sonho, meia esperança. O que eu era: um gasto, um extravio de coisa nenhuma. Depois do aborto, reduzida a ninguém, meu sofrer foi ainda maior. Sendo metade, sofria pelo dobro.

Pede-me o senhor que relate o sucedido. Quer saber o motivo de estar nesta cadeia, desejando ser condenada para o resto deste nada que é a minha vida? O senhor que é escritor não se ponha já a compor. Escreva conforme, no respeito do que confesso. E tal e qual.

Pois, conforme lhe antedisse: a verdade não confio a ninguém. Verdade é luxo de rico. A nós, menores de existência, resta-nos a mentira. Sou pequena, a minha força vem da mentira. A minha força é uma mentira. Não é verdade, senhor escritor?

Por isso, lhe deitei o aviso: eu minto até a Deus. Sim, Lhe minto, a Ele. Afinal, Deus me trata como meu marido: um nunca me olha, o

Outro nunca me vê. Nem um nem outro me ascenderam a essa luz que felicita outras mulheres. Sequer um filho eu tive. Que ter-se filhos não é coisa que se faça por metade. E metade eu sou. Maria Metade. Agora, o que aspiro é ficar em sombra perpétua. Condenada por crime maior: apunhalar meu marido, esse a quem prestei juramento de eternidade. É por causa desse crime que o senhor está aqui, não é assim?

Pois lhe confesso: aqui, penumbreada nesta prisão, não sofro tanto quanto sofria antes. É que aqui, sabe, acabo saindo mais que lá em minha casa natal. Vou onde? Saio pelo pé de meu pensamento. Por via de lembrança eu retorno ao Cine Olympia, em minha cidade de outro tempo. Sim, porque depois de matar o Seis reganhei acesso a minhas lembranças. É assim que, cada noite, volto à matiné das quatro de minha meninice. Não entrava no cinema que me estava interdito. Eu tinha a raça errada, a idade errada, a vida errada. Mas ficava no outro lado do passeio, a assistir ao riso dos alheios. Ali passavam as moças belas, brancas, mulatas algumas. Era lá que eu sonhava. Não sonhava ser feliz, que isso era demasiado em mim. Sonhava para me sentir longínqua, distante até do meu cheiro. Ali, frente ao Cine Olympia, sonhei tanto até o sonho me sujar.

Regressava a horas, entrava em casa pelas traseiras para não chorar ante os olhos sofridos de minha mãe. Minha fatia de tristeza era uma ofensa perante as verdadeiras e inteiras mágoas dela. Regressava depois do quarto, olhos recompostos, fingindo uma alegriazita. Minha mãe se apercebia do meu estado, desembrulho sem prenda. E me dava conselho:

— *Sonhe com cuidado, Mariazita. Não esqueça, você é pobre. E um pobre não sonha tudo, nem sonha depressa.*

Vantagem da prisão é que todo o dia é domingo, toda a hora é de matiné das quatro. É só meu sonho dar um passo e eu já vou sentando minha privada tristeza no passeio público. Volto onde eu não amei, mas sonhei ser amada. É só um passo e eu atravesso o passeio público. E não mais precisarei de invejar o sorvete, o riso, a risca no penteado.

Pouco restou da minha cidadezinha. Onde era terra sem gente ficou gente sem terra. Onde havia um rosto, hoje há poeira. O trilho das goiabas se asfixiou no asfalto. Nem a chuva tem onde repousar. A cidade se foi assemelhando a todas as outras. Nessa parecença, o meu lugar foi falecendo. Nessa morte foi levada minha lembrança de mim. A única memória que me resta: a migalha de um tempo, o único tempo que me deu sonhos. Sob vigilância de minha velha mãe, eu cuidava de não sonhar tudo, nem depressa. Ainda que fossem metades de sonhos, esses pedaços ainda me adoçam o sono, deitada no frio da cela.

O senhor não está aqui por mim. Mas por minha história. Isso eu sei e lhe concedo. Quer saber como sucedeu? Foi em tarde de cinza, o céu descido abaixo das nuvens. Eu pretendia era revirar página de um despedaçado livro. Descosturar-me desse Seis, meu marido. Eu queria me ver separada dele para sempre, desunidos até a morte nos perder de vista. Até não ser possível morrermos mais.

Naquela vez, já a decisão me havia tomado. Fui recebê-lo na porta, a roupa abotoada por metade, o punhal escondido em minha mão. Chovia, de lavar céu. Eu mesma me aguei aos olhos de Seis. Brinquei, provoquei, mostrei o cinto distraído, desapertado. Provoquei com perfume que minha vizinha me emprestou.

— *Você quer-me molhada pela chuva.*

— *Quero-lhe é mais molhada que chuva.*

Então, quase derrapei em minha decisão. Estava-se emendando fatalidade? É que, por primeira vez, meu marido me olhou. Seu rosto se emoldurou, único retrato que comigo guardo. Para disfarçar, revirei a chuinga entre os lábios, fiz adivinhar o veludo da carícia. Mas o gesto já estava fadado em minha mão e, num abrir sem fechar de olhos, o meu Seis, que Deus tenha, o meu Seis estava todo pronunciado no chão. Decorado com sangue, aos ímpetos, mapeando o soalho.

Relatei o sucedido, tudo de minha autoria. Mas não confesso crime, senhor. Não. Afinal, não fui eu que lhe tirei vida. A vida, a bem dizer, já não estava nele. O que sucedeu, sim, foi ele tombar sobre o punhal, tropeçado em sua bebedeira.

O Seis, meu Seis, se convertera em meia dúzia. A condizer com a minha metade de destino.

Não o matei. E disso tenho pena. Porque esse assassinato me faria sentir inteira. Por agora, prossigo metade, meio culpada, meio desculpada.

Por isso lhe peço, doutor escritor. Me ajude numa mentira que me dê autoria da culpa. Uma inteira culpa, uma inteira razão de ser condenada. Por maior que seja a pena, não haverá castigo maior que a vida que já cumpri. E agora, por amor dessa mentirosa lembrança, o senhor me abra a porta do Cine Olympia. Isso, faça-me esse obséquio, lhe estou agradecendo. Para eu, finalmente, espreitar essa luz que vem de trás, da máquina de projetar, mas que nos surge sempre pela frente. E sente-se comigo, aqui ao meu lado, a assistirmos a esse filme que está correndo. Já vê, lá na tela, o meu homem, esse que chamam de Seis? Vê como ele, agora, no escurinho da sala está olhando para mim? Só para mim, só para mim, só.

Na tal noite

Vinte e cinco, Natal. O quissimusse, como se
diz aqui. Mariazinha, à porta, espera a anual visita de Sidónio Vidas, o episódico esposo. Ei-lo
agora, em aparatosa aparição, santificado seja ele
e mais a sua vaidosa viatura. Ele nunca tanto che-
gara. Fazia como a chuva procede com as fontes
secas: inundava após ausência.

Mariazinha parece viúva, alinhada com seus
dois filhos, na entrada da porta. Ela contempla o
volumoso Sidónio, parecendo uma gelatina a ser
descolada do fundo da taça. Mariazinha, atrapa-
lhada, segreda aos miúdos:

— *Já sabem: ao sinal combinado, vocês desapare-*
cem das vistas!

Os filhos rabeiam o olho na mãe, irreconhe-
cendo-a: vestido cheiroso, penteado de cabelei-
reiro, unhas de manicure. E receiam que, uma vez

mais, seja mais desencontro que encontro. Havia sido assim desde o princípio: a noite sem núpcias, o esposo cadente, com juramento sem prazo de viabilidade.

Os miúdos já sabiam: o pai trabalhava longe em país muitíssimo estrangeiro, a distância que só lhe dava conveniência visitar a família na noite de vinte cinco. Cada ano, o pai chegava com seus carros sempre novos. O remoto controlo acionado, num blip-blip mágico e, da bagageira, como em atrelado de trenó, saltavam os presentes, alegria aos molhos.

Neste Natal, mais uma vez, muda o carro e toca mesmo. O pai faz abrir a mala do automóvel e de lá espreitam embrulhos e celofanes. São mais os enfeites que os conteúdos, mas não é assim mesmo a festa: feita de ilusão e brilhos maiores que as substâncias? Os miúdos, algazurrando, precipitam-se sobre os presentes. E ali ficam, no quintal, entretidos com as lembranças.

Sidónio dá entrada na sala em pose de governante. A esposa segue-o, diminuta, protocolar. O homem engrossa as vistas pela sala. Sobre o armário um improvisado presépio. Só as palhinhas do menino nascente são genuínas. O resto é invenção desenrascada, tampinha de coca-cola, arames e restos de lixos.

O marido senta-se à mesa, refastelado, dono. Vai desapertando a fivela do cinto para, em prevenção, se valer por dois. Mariazinha assoma à porta da rua e, com um estalar de dedos, reafirma

a ordem: os filhos que se mantenham longe.
Aquele momento era exclusivo dos dois, a noite
de todas as noites.

— *Fritei um peixe, aquele que você morre pela
boca.*

Sidónio estala os dentes na língua e faz passar
as espinhas pelos beiços. A esposa comendo em
pé, prato no apoio da mão, vai olhando o marido.
Resplandecendo no pescoço, o fio de ouro, ambos
cada vez mais gordos. O ouro parece autêntico.
Falsificado é o portador, sem marca de origem,
nem garantia de proveniência. Sempre que vem,
ele exibe acrescidos fios e anéis, ornamentos dou-
radoiros. Para que Mariazinha não pense que ele
foi cavalo e regressa burro.

— *Cuidado marido, cuidado a espinha na goela.*

— *Goela tem o pobre* — emenda Sidónio.

— *Gente como eu tem garganta, está perceber?*

Sidónio Vidas arrota a marcar parágrafo na
refeição. Mais calado que um deus, distante, con-
fiante. Toca o telemóvel, altissonoro, ele grunhe
sílabas de nenhum idioma. E desliga como se
desligasse não o aparelho, mas o interlocutor.

— *Há sobremesa. Um docinho?*

— *Estava com falta de açúcar, mas o vizinho, o
Alves...*

— *Pois é, açúcar com gentil cortesia do vizinho
Alves.*

O tom é irónico, magoado, suspeitoso. O vizinho Alves estava-se avizinhando de mais?

— *Mariazinha, você me está ser fiel?*

— *Eu? Sidónio, eu...*

Ela, desencontrada das palavras, derrama-se, chorosa. Podia ele, de humano direito, duvidar?

— *Cale-se, mulher. Não diga nada.*

Que aquela comoção lhe aflige a digestão. Sidónio vê-se obedecido. Passa a mão pela barriga, com a mesma ternura com que as grávidas acariciam o vindouro.

— *Não quero esse doce.*

— *Mas, Sidónio, fiz para si, com tanto carinho...*

— *Não me apetece, pronto.*

Mariazinha recolhe o prato, junto com a lágrima. Na cozinha assoa-se, olhando pelo quebrado vidro da janela a luxuosa viatura do marido. Quem vai à guerra dá e leva, se diz. Mas ela tinha ido à paz e só tinha levado. Ali estava, o *Mercedes*, cheio de autossuficiência. Em vez de inveja, porém, lhe vem um alegre preenchimento. Como se o automóvel fosse propriedade sua e ela, alguma vez, viesse a espampanar suas larguezas nos estofos.

Regressa à sala e mantém-se encostada ao armário. O móvel abana e tombam os bonequinhos. Cristo desaba do berço. Sidónio, pela primeira vez, concede olhar a esposa. E confirma o ditado: que o homem é tão velho quanto a sua idade e a mulher é tão velha quanto parece. Olha as mãos dela, nota o verniz. Mariazinha se esgateia, às pressas recolhendo aquela vaidade.

— *Pintei hoje de manhã, pedi à vizinha uma tintinha emprestada.*

— *Sou capaz de ter que rever essa mesada.*
— *Ah, a mesada, já há dez meses que você não...*
— *Tenho prioridades, Mariazinha.*

Finda a refeição, descalçados os sapatos, Sidónio escomprida-se na cadeira e fecha os olhos, todo atento aos seus próprios interiores. Sucede, então, o imprevisto. A mulher, subitamente dengosa, se debruça sobre ele, aumentando a visão das suas carnes.

— *Me está a apetecer dançar. Não quer ligar essa musiquinha, marido?*
— *Qual música?*
— *Essa do seu telemóvel.*

Sidónio levanta-se, arrastado. Os olhos dela ainda rebrilham, esperançosos. Mas não é para ela que ele se ergue. São horas, está de abalada. À porta, ela ainda requer, em sussurro:

— *Para o ano, você volta?*
— *Não sei, mulher, não sei, você sabe, a coisa não está fácil...*
— *Mas você pode trazer os seus outros... os irmãos dos seus filhos. E pode trazer a... ela, também. Eu não me importo, Sidónio.*

Mas o homem já não está na conversa. Chama os filhos para a despedida e ruma para o carro. Enquanto ele se espreme para entrar na viatura, Mariazinha comenta para os miúdos:

— *Aquele é um homem bom que ainda há nesse mundo.*

E o mais novo, apertando a mão da mãe:

— *O pai é aquele que chamam de Pai Natal?*

Riso triste vai esvanecendo no rosto da mãe, enquanto Sidónio desaparece no fundo escuro da estrada. Mãe e filhos ficam contemplando a noite, como que esquecidos que havia casa onde reentrar. De súbito, o mais velho sacode a saia da mãe e aponta:

— *Veja, mãe, está chegar o vizinho, o senhor Alves.*

Mariazinha, apressadamente, compõe vestido e sorriso, e murmura:

— *Já sabem, meninos: ao sinal combinado, vocês desaparecem das vistas!*

A despedideira

Há mulheres que querem que o seu homem seja o sol. O meu quero-o nuvem. Há mulheres que falam na voz do seu homem. O meu que seja calado e eu, nele, guarde meus silêncios. Para que ele seja a minha voz quando Deus me pedir contas.

No resto, quero que tenha medo e me deixe ser mulher, mesmo que nem sempre sua. Que ele seja homem em breves doses. Que exista em marés, no ciclo das águas e dos ventos. E, vez em quando, seja mulher, tanto quanto eu. As suas mãos as quero firmes quando me despir. Mas ainda mais quero que ele me saiba vestir. Como se eu mesma me vestisse e ele fosse a mão da minha vaidade.

Há muito tempo, me casei, também eu. Dispensei uma vida com esse alguém. Até que ele

foi. Quando me deixou, já não me deixou a mim.
Que eu já era outra, habilitada a ser ninguém.
Às vezes, contudo, ainda me adoece uma saudade desse homem. Lembro o tempo em que me
encantei, tudo era um princípio. Eu era nova,
dezanovinha.

Quando ele me dirigiu palavra, nesse primei-
ríssímo dia, dei conta de que, até então, nunca
eu tinha falado com ninguém. O que havia feito
era comerciar palavra, em negoceio de sentimento. Falar é outra coisa, é essa ponte sagrada em
que ficamos pendentes, suspensos sobre o abismo.
Falar é outra coisa, vos digo. Dessa vez, com esse
homem, na palavra eu me divinizei. Como perfume em que perdesse minha própria aparência.
Me solvia na fala, insubstanciada.

Lembro desse encontro, dessa primogénita
primeira-vez. Como se aquele momento fosse,
afinal, toda minha vida. Aconteceu aqui, neste
mesmo pátio em que agora o espero. Era uma
tarde boa para a gente existir. O mundo cheirava a casa. O ar por ali parava. A brisa sem voar,
quase nidificava. Vez e voz, os olhos e os olhares.
Ele, em minha frente, todo chegado como se a
sua única viagem tivesse sido para a minha vida.

No entanto, algo nele aparentava distância.
O fumo escapava entre os seus dedos. Não levava
o cigarro à boca. Em seu parado gesto, o tabaco a
si mesmo se consumia. Ele gostava assim: a inteira cinza tombando intacta no chão. Pois eu tombei igualzinha àquela cinza. Desabei inteira sob

o corpo dele. Depois, me desfiz em poeira, toda estrelada no chão. As mãos dele: o vento espalhando cinzas. Eu.

Nesse mesmo pátio em que se estreava meu coração tudo iria, afinal, acabar. Porque ele anunciou tudo nesse poente. Que a paixão dele desbrilhara. Sem mais nada, nem outra mulher havendo. Só isso: a murchidão do que, antes, florescia. Eu insisti, louca de tristeza. Não havia mesmo outra mulher? Não havia. O único intruso era o tempo, que nossa rotina deixara crescer e pesar. Ele se chegou e me beijou a testa. Como se faz a um filho, um beijo longe da boca. Meu peito era um rio lavado, escoado no estuário do choro.

Era essa tarde, já descaída em escuro. Ressalvo. Diz-se que a tarde cai. Diz-se que a noite também cai. Mas eu encontro o contrário: a manhã é que cai. Por um cansaço de luz, um suicídio da sombra. Lhe explico. São três os bichos que o tempo tem: manhã, tarde e noite. A noite é quem tem asas. Mas são asas de avestruz. Porque a noite as usa fechadas, ao serviço de nada. A tarde é a felina criatura. Espreguiçando, mandriosa, inventadora de sombras. A manhã, essa, é um caracol, em adolescente espiral. Sobe pelos muros, desenrodilha-se vagarosa. E tomba, no desamparo do meio-dia.

Deixem-me agora evocar, aos goles de lembrança. Enquanto espero que ele volte, de novo, a este pátio. Recordar tudo, de uma só vez, me dá sofrimento. Por isso, vou lembrando aos poucos.

Me debruço na varanda e a altura me tonteia. Quase vou na vertigem. Sabem o que descobri? Que minha alma é feita de água. Não posso me debruçar tanto. Senão me entorno e ainda morro vazia, sem gota.

Porque eu não sou por mim. Existo refletida, ardível em paixão. Como a lua: o que brilho é por luz de outro. A luz desse amante, luz dançando na água. Mesmo que surja assim, agora, distante e fria. Cinza de um cigarro nunca fumado.

Pedi-lhe que viesse uma vez mais. Para que, de novo, se despeça de mim. E passados os anos, tantos que já nem cabem na lembrança, eu ainda choro como se fosse a primeira despedida. Porque esse adeus, só esse aceno é meu, todo inteiramente meu. Um adeus à medida de meu amor.

Assim, ele virá para renovar despedidas. Quando a lágrima escorrer no meu rosto eu a sorverei, como quem bebe o tempo. Essa água é, agora, meu único alimento. Meu último alento. Já não tenho mais desse amor que a sua própria conclusão. Como quem tem um corpo apenas pela ferida de o perder. Por isso, refaço a despedida. Seja esse o modo de o meu amor se fazer eternamente nosso.

Toda a vida acreditei: amor é os dois se duplicarem em um. Mas hoje sinto: ser um é ainda muito. De mais. Ambiciono, sim, ser o múltiplo de nada. Ninguém no plural. Ninguéns.

Mana Celulina, a esferográvida

Aconteceu no curral de nossa casa, num meio-dia de verão. Respirava-se um ambiente de cortar à faca. Dado o lugar, se podia antes dizer: de cortar à vaca. De tal modo escorria o rosto de Ervaristo Quase que eu temia que ele perdesse formato, de tanto pingado no chão. O pobre homem, nosso vizinho congénito, cheirava mais que o próprio curral. Como avisava meu pai: ao final, nem todo o bicho é um animal.

Estávamos no estreito recinto há mais de uma hora, eu, meu pai e o vizinho Ervaristo Quase. Mais que todos estava este último, acusado de ter abusado de minha irmã Celulina. Meu velho, Salomão Pronto, convocara o encontro com broncas e circunstâncias. As vizinhanças conheciam a nossa família como exemplo de honra e respeito. Houvesse assunto e logo era chamado o velho Salomão. Até o governador o convocava em caso de sérias gravidades. Como sucedeu a semana antepassada na maka de um general da cidade que veio esgatanhar as terras dos camponeses. Foi o velho Salomão quem pronunciou sentença. E não podia ser de outro modo: não era ele um dos antigos donos da terra?

Sabendo de quanto gozava dos gerais respeitos, dava pena vê-lo, agora, sentado em curvatura derrotada. No seu corpo, não havia pele para o florir de tanto nervo. Para realce do seu estado de zanga, meu pai soltava profundos suspiros:

— *Só o porco é que é traído pelo farelo.*

Eu, calado, não entendi. O vizinho acanhado ainda me sussurrou:

— *Sou farelo, agora?*

Falou baixinho. Mas o meu pai escutou e, logo, ripostou:

— *Não é farelo, mas vai ser, não demora nada.*

Enquanto proclamava ameaças, meu velho não tirava os olhos dos próprios pés. Já eu conhecia os seus modos: em fúria, não ousava olhar para o mundo. Contemplava-se nas pernas, retificava as unhas nos pés. Descarregava-se assim, ele dizia. É como faísca que sai da terra e cai no chão.

— *Sou eu o meu apara-raios* — explicava.

Minha irmã Celulina, por fim, entrou. Sua silhueta no vão da porta atrapalhou a luz. Já se notava o arrendodado da sombra. A barriga dela era, afinal, o assunto da briga. Salomão Pronto apontou a filha e perguntou:

— *Estão ver?*

Fez uma pausa e engoliu uma porção de ar antes de falar uma outra vez:

— *Completamente grávida! Completamente.*

Coração não tem gramática. Também eu, no momento, não tinha palavra. Menos ainda o desgraçadito do Ervaristo. Ficámos todos em silêncio, transidos, à espera que trovejasse a voz do dono da terra.

— *Tudo se resolve com as falas, tudo. Mas isto?*

Salomão apontava a barriga da filha, o dedo murcho, a voz derrotada, enquanto repetia:

— *Completamente, completamente grávida.*

Foi então que disse: a menina até parecia uma esferográvida. Acenámos em concordância. Ervaristo ainda tentou, a medo:

— *Eu juro, vizinho Salomão Pronto, eu juro que não fui...*

— *Fale tudo menos isso. Qualquer uma coisa, menos isso.*

Celulina só chorava. Ervaristo mexeu nos bolsos, certamente por instinto. Ou como sugestão que o diferendo se poderia resolver por via do dinheiro.

— *Posso dizer uma pequena coisa, com o devido respeito?*

— *Humn-hum* — meu pai grunhiu.

— *Não é falar, vizinho. É só lembrar o ditado. Posso lembrar?*

— *Hum-hum.*

— *Lembra o que diziam os antigos? Diziam assim: só podes ter a certeza que o rato entrou quando lhe vires a cauda.*

— *O rato entrou, Ervaristo. É você mesmo.*

— *O vizinho já me chamou de farelo. Agora sou rato?*

— *Você nem rato não é. Você é só a cauda do rato.*

Estava dito. Faltava a sentença. Pelo olhar do velho Salomão desfilava o leque das possíveis e não imaginadas punições. Demorou o silêncio enquanto escorria o tempo como óleo espesso. O céu já escurecia quando Salomão levantou os olhos até então fixados nas suas magras pernas:

— *Você vai ser castigado, Ervaristo. Ainda não sei como, mas o sonho me vai visitar e vai revelar uma decisão.*

— *Está certo, vizinho.*

Dava-se por finda a sessão. Demos passagem ao velho Salomão Pronto. Hesitámos quem seria o seguinte a estreitar-se pela porta do curral. Minha irmã passou a mão pela redondura, acariciando o invisível ser que ali se enrolava. Ninguém notou o piscar de olhos que ela me dirigiu, em cúmplice ternura. Desviei os olhos, o pulsar atrapalhando a pulsação. Ajudei o vizinho a escapar do escuro, meu braço apoiando o ombro dele, fosse para descarga de meu remorso.

E é assim, meus amigos. Escrevo o episódio, tiro a mão da consciência. Nem a culpa, agora, me pesa. É que a vida tem seus secretos correios: os olhos de minha amada, minha doce Celulina.

O nome gordo de Isidorangela

Isidorangela era o nome da obesa moça. Nome gordo, ao travar da pena. Na rua, na escola, ela era motivo de riso. E havia razão para chacotear: a miúda sobrava de si mesma, pernas rasas arrastando-se em passitos redondos e estofados. Para mais, um sorriso tolo lhe circunfletia o rosto. Ela e o planeta: dois círculos concêntricos. O «Monumento», assim lhe chamávamos, nós os rapazes, em homenagem ao seu tamanho vasto e demorado.

Como pedra no charco, Isidorangela fazia espraiar uma onda de zombaria. Mas rir declarado e aberto ninguém podia, a moça era filha do presidente da câmara, Dr. Osório Caldas. Como meu pai dizia, o homem era a autoridade. «O nosso chefe», assim era mencionado lá em casa. Meu pai reverenciava o presidente Osório como se dele dependessem os destinos do mundo. A minha mãe muito se apoquentava com tanta deferência, o presidente Osório isto, o chefe Osório aquilo.

— *Poça, homem, até parece devoção estranha, coisa de amores homosensuais...*

— *Tenho pena dele, Marta. Pobre homem, deve sofrer com aquela filha.*

Todo o fim do mês, o presidente levava Isidorangela ao baile do Ferroviário, mas ninguém nunca a convidara para dançar. Os outros bailavam, rodopiavam corpos, entonteciam corações. As moças passavam de mão em mão, todas bailadas, estontecidas. Só Isidorangela ficava sentada, chupando um interminável algodão-doce. Ela mesma parecia um algodão-de-açúcar, com seu vasto vestido de roda, toda em pregas rosáceas.

À medida do tempo, meu pai crescia em seus submissos modos, todo manteigoso e sempre arquitetando cumprimentos e favores. Minha mãe perdia paciência:

— *Um dia ainda se casa com esse seu presidente!*

E rematava: *nunca pensei ter ciúme de um homem!* Meu velhote devolvia sempre a mesma resposta. Nós, sendo mulatos, tínhamos sorte em receber as simpatias do chefe. Até uma promoção lhe havia sido prometida. Os pequenos esperam olhando para cima. Nem eu sonhava a quanto levaria meu pai esse desejo de agradar ao chefe.

Naquela tarde, de inesperado, ele me deu ordem que me penteasse, podendo até usar a sua brilhantina.

— *Mas vou aonde, pai?*

Não obtive esclarecimento. Meteu-me em roupa de estreia, escovou-me o casaco e me conduziu por entre as magras ruelas de nossa pequena cidade. À porta da residência — os pobres têm casa, os ricos têm residência, explicou-me meu pai — ele me mandou descalçar os sapatos.

— *Vou entrar descalço, pai?*

— *Qual descalço? Vai é calçar estes.*

Numa bolsa, ele trazia uns sapatos novos, sem vestígio de poeira. Nem eu nunca havia calçado sapatinhos tão pretos. Mal os coloquei me queixei, sofrido, que apertavam.

— *Pois encolha os pés, você tem muita mania de se esticar* — advertiu meu pai.

No seguimento, tocou à campainha com respeitos tais que seu dedo mal roçou o botão.

— *Não chegou a tocar, pai* — avisei.

Tocara, sim, eu é que não ouvira. E explicou, pronunciando um português que eu nunca escutara: aqui, nas residências finas, todo o mínimo é logo um barulho. E que eu nunca ruidasse enquanto em visita aos Caldas. E puxasse lustro ao meu melhor lusitano idioma.

Esperámos um infinito. Meu pai recusava-se a insistir. Os sapatos apuravam apertos sobre meus dedos. Eis que, enfim, uma cortina se move lá dentro e Dona Angelina espreita à porta. Entrámos, cheios de vénias, meu pai falando tão baixo que ninguém o conseguia entender. Angelina, a distinta esposa, nos fez entrar pelos salões recheados de mobílias e bugigangas. Instalado numa poltrona, o presidente pouco nos anfitriou. Um displicente aceno para meu pai e, de novo, o olhar recaiu sobre um jornal. A dona de casa explicou: o Dr. Osório estava acabando umas palavras cruzadas, havia que terminar antes que a energia elétrica fosse. Sim, daí a pouco a tarde se adensaria e a luzinha fosca do petromax não seria suficiente para terminar o passatempo favorito do presidente. E que havia o excelentíssimo encalhado em original palavra: «cabala». Com seis letras, exatamente.

— *Cabala?!* — perguntou meu pai, todo atrapalhaço. E dirigindo-se para mim: — *Ainda ontem não vimos essa palavra na revisão dos seus trabalhos?*

E eu, de mim para ninguém: com certeza, a fêmea do cavalo. Rezando que meu pai não me forçasse a dar o explicado do vocábulo.

— *Passemos ao salão para aproveitar o tempo* — disse Dona Angelina.

No salão estava o «Monumento»: Isidorangela, envolta em seu vestido rosa. O que mais me surpreendeu: em sua mão continuava, hasteado, o pauzinho envolto em açúcar em rama. Aquilo me deu uma volta: algodão açucarado era a minha perdição. Como conseguia Isidorangela ter aquela guloseima em sua casa? Não era coisa exclusiva das feiras e quermesses?

— *Então, lá vou animando a música* — anunciou a esposa do presidente.

Uma espécie de valsa preencheu o vasto silêncio da sala.

— *Vá, convide Isidorangela para voltear.*

A palavra soou-me como obscena: voltear? A minha cara devia ser o lastimoso retrato da parvoíce: brilhantina escorrendo sobre a testa, sobrolho denunciando o aperto nos pés e uma constrição do lábio superior em cobiça do algodãozinho. Um mal disfarçado empurrão de meu velho me colocou no caminho da gorducha. Nos braços do «Monumento», a melhor dizer. Então era isso, meu pai queria passar uma graxa no chefe e me usava nesses psiquiátricos desígnios de descomplexar a gordona?

Me deu uma raiva tal que, quando enlacei Isidorangela, ela até vacilou, em desequilíbrio. Quase caiu sobre mim e o pauzinho de algodão ficou, como bandeira arriada, entre os nossos rostos. A tentação contrastava com as minhas penas e dei por mim dizendo:

— *Vou-lhe dar uma dentada.*

— *A mim?* — a gorducha aflautou um riso nervoso.

A gula venceu-me e, língua em riste, desmanchei aquele castelo de doçura enquanto arrastava a volumosa criatura pelo soalho encerado. Acreditando que a queria a ela, Isadorangela fechou os olhos e se inclinou disposta e disponível. Meu pavor era ela escorregar e desabar, em desamparo, sobre mim. Fui rodando pelo salão, entre a agonia dos pés e o deleite dos açúcares desfazendo-se-me na boca.

Num desses passos, reparei com surpresa que meu velhote e Angelina também dançavam. No cadeirão afastado, o presidente cabeceava ensonado. E, de repente, o que descobri? Coração apertando-me mais que os sapatos, vi as mãos de Angelina se entrelaçarem, em ternura esquiva, nos dedos de meu pai. O disco girando no gramofone, as luminações desmaiadas do petromax, a rodopiação da gorda, tudo isso me embalou em tontura. E já não havia algodão-doce a não ser no rosto de Isidorangela. Um impulso irresistível me fez linguar aquela réstia de doce. A moça entendeu mal a lambidela. E eu senti nela, estranhamente, um odor suado que era, afinal, o meu próprio e natural perfume. Senti o cabelo dela, encarapinhado, por baixo da lisura aparente. E olhando, quase a medo, revi sob o seu redondo rosto a ruga de família, o sinal que eu acreditava ser obra exclusiva da minha genética.

Quis ofuscar-me do mundo, em desvalência. Mas já os dedos de Isidorangela entrançaram os meus, com igual volúpia com que sua mãe ia apertando meu velho pai. Num sofá obscurecido Osório Caldas ia descruzando palavra enquanto cabeceava, pesado, sobre um velho jornal.

O fio e as missangas

Encontro JMC sentado num banco de jardim. Está recatado, em solene solidão, como se só ali, em assento público, encontrasse devida privacidade. Ou como se aquele fosse seu recinto de toda a vida morar. Em volta, o tempo intacto, só com horas certas.

Nunca soube o seu nome por extenso. Creio que ninguém sabe, nem mesmo ele. As pessoas chamam-no assim, soletrando as iniciais: *jota eme cê*.

Saúdo-o, em inclinação respeitosa. Ele ergue os olhos com se a luz fosse excessiva. Um subtil agitar de dedos: ele quer que eu me sente e o salve da solidão.

— *Lembra que sentámos neste mesmo lugar há uns anos atrás?*

— *Recordo, sim senhor. Parece que foi ontem.*

71

— *O ontem é muito longe para mim. Minha lembrança só chega às coisas antigas.*

— *Ora, o senhor ainda é novo.*

— *Não sou velho, é verdade. Mas fui ganhando muitas velhices.*

E deixámo-nos, calados. Vou lembrando os tempos em que este homem magro e alto desembocava neste mesmo jardim. Acontecia todo o final de tarde. Recordo as suas confidências. Que ele, sendo devidamente casado, se enamorava de paixão ardente por infinitas mulheres. Não há dedos para as contar, todinhas, dizia.

— *A vida é um colar. Eu dou o fio, as mulheres dão as missangas. São sempre tantas, as missangas...*

Sempre que fazia amor com uma delas não regressava directamente a casa. Ia, sim, para casa de sua velha mãe. A ela lhe contava as intimidades de cada novo caso, as diferentes doçuras de cada uma das amantes. De olhos fechados, a velha escutava e fingia até adormecer no cansado sofá de sua sala. No final, tomava nas suas as mãos do filho e ordenava que ele tomasse banho ali mesmo.

— *Não vá a sua mulher cheirar a presença de uma outra* — dizia.

E JMC se enfiava na banheira enquanto a velha mãe o esfregava com uma esponja cheirosa. Acabado o banho, ela o enxugava, devagarosa como se o tempo passasse por suas mãos e ela o retivesse nas dobras da toalha.

— *Continue, meu filho, vá distribuindo esse coração seu que é tão grande. Nunca pare de visitar as mulheres. Nunca pare de as amar...*
— *E o pai, o pai sempre lhe foi fiel?*
— *Seu pai, mesmo leal, nunca poderia ser fiel...*
— *E porquê?*
— *Seu pai nunca soube amar ninguém...*
Agora, tantos anos passados, quase não reconheço o mulherengo homem alto e magro.
— *Desculpe perguntar, JMC. Mas o senhor ainda continua visitando mulheres?*
Ele não responde. Está absorvido, confrontando unhas com os respetivos dedos. Ter-me-á ouvido? Por recato, não repito a pergunta. Após um tempo, confessa num murmúrio:
— *Nunca mais. Nunca mais visitei nenhuma mulher.*
Uma tristeza lhe escava a voz. Me confessava, afinal, uma espécie de viuvez. Foi ele quem quebrou a pausa:
— *É que sabe? Minha mãe morreu...*
Meu coração sapateia, desentendido. Pudesse haver silêncio feito da gente estar calada. Mas esse silêncio não há. E nesse vazio permanecemos ambos até que, por entre o cinzentear da tarde, surge Dona Graciosa, esposa de JMC. Está irreconhecível, parece deslocada de um baile de máscaras. Vem de brilhos e flores, mais decote que blusa, mais perna que vestido. Me soergo para lhe dar o lugar no banco. Mas ela se dirige ao marido, suave e doce:

— *Me acompanha, JMC?*

— *E você quem é, minha flor?*

— *O meu nome você me há de chamar, mas só depois.*

— *Depois? Depois de quê?*

— *Ora, só depois...*

De braços dados, os dois se afastam. A noite me envolve, com seu abraço de cacimbo. E não dou conta de que estou só.

Os olhos dos mortos

Estou tão feliz que nem rio. Deito-me com desleixo, bastando-me: eu e eu. O regressar de meu marido mediu, até hoje, todas as minhas esperas. O perdoar a meu homem foi medida do desespero. Durante tempos, só tive piedade de mim. Hoje não, eu me desmesuro, pronta a crianceiras e desatinos. Minha alegria, assim tanta, só pode ser errada.

Desculpe-me, Cristo: esplendoroso é o que sucede, não o que se espera. E eu, durante anos, tive vergonha da alegria. Estar-se contente, ainda vá. Que isso é passageiro. Mas ser-se alegre é excessivo como pecado mortalício.

É de noite e falta-me apenas um quase para estar sozinha no quarto. Ou, no rigor: o quarto está sozinho comigo. Nesta mesma cama sonhei tantas vezes que o meu amor vinha pela rua, eu escutava os seus passos, cheia de ânsia. E antes que ele chegasse, corria a fechar a porta. Fosse esse gesto, o de trancar a fechadura, o meu fingido valimento. Eu fechava a porta para que, depois, o simples abrir dos trincos tivesse o brilho de um milagre. Para que ele, mais uma vez, casasse comigo. E o mundo se abrisse, casa, cama e sonho.

Durante anos, porém, os passos de meu marido ecoaram como a mais sombria ameaça. Eu queria fechar a porta, mas era por pânico. Meu homem chegava do bar, mais sequioso do que quando fora. Cumpria o fel de seu querer: me vergastava com socos e chutos. No final, quem chorava era ele para que eu sentisse pena de suas mágoas. Eu era culpada por suas culpas. Com o tempo, já não me custavam as dores. Somos feitos assim de espaçadas costelas, entremeados de vãos e entrâncias para que o coração seja exposto e ferível.

Venâncio estava na violência como quem não sai do seu idioma. Eu estava no pranto como quem sustenta a sua própria raiz. Chorando sem direito a soluço; rindo sem acesso a gargalhada. O cão se habitua a comer sobras. Como eu me habituei a restos de vida.

A semana passada foi quando o rasgão se deu. Venâncio ficou furioso quando descobriu, em estilhaços, a emoldurada fotografia na nossa sala. Era um retrato antigo, parecia estar ali mesmo antes de haver parede. Nele figurava Venâncio, ainda magro e moço, posando na nossa varanda.

Pelo olhar se via que sempre fora dono e patrão. Surjo atrás, desfocada, esquecida. Sem pertença nem presença.

Ao ver a moldura quebrada e os vidros ainda espalhados pelo chão, Venâncio me golpeou com inusitada força, pontapés cruzaram o escuro do quarto entre gritos meus:

— *Na barriga não, na barriga não!*

Depois, quando ele amainou, interrompi-lhe o choro e me soaram serenas e doces as palavras:

— *Vê o sangue, Venâncio? Eu estava grávida...*

— *Grávida, você?! Com uma idade dessas!??*

Arrumei umas poucas roupas e fui, a pé, para o posto de socorro. Era manhã, fazia chuva e caía o sol. Algures, por um aí, deveria fantasiar um arco-íris. Mas eu estava cega para fantasias. Meu filho, esse primeiro que haveria de nascer, estava morto dentro de mim. As minhas mãos, ingénuas, ainda amparavam o ventre como se ele continuasse lá, enroscado grão de futuro. No passeio público, privadamente tombei. Antes que beijasse o chão já eu perdera as luzes e deixara de sentir a chuva no meu corpo.

Desmaiada, me espreitaram os dentros: gravidez não havia. Mais uma vez era falsa esperança. Esse vazio de mim, essa poeira de fonte seca, o não poder dar descendência a Venâncio, isso doía mais que perder um filho. Eu estava mais estilhaçada que o retrato da sala.

Quando despertei, me acreditei já morta, transferida para outro mundo. Morrer não me

77

bastava: nesse depois ainda Venâncio me casti-garia. Eu necessitava um outro jamais. Adivi-nhei as minhas fúnebres cerimónias: Venâncio e mais uns tantos, entre vizinhos e parentes. Se o meu homem me chorasse, nessa ida, seria para melhor me esquecer. A lágrima lava a sofrência. Os outros chamariam a isso de amor, saudade. Mas não era a viuvez que atormentaria Venân-cio. Viúvo estava ele há muito. O que o podia atormentar era a feiura desta minha morte. Se de mim alguma vez se recordasse, seria para melhor me ausentar, mais desfocada que o retrato da sala.

Venâncio não foi visitar-me ao hospital. O que eu fizera, ao dirigir-me por meu pé ao hospital, foi uma ofensa sem perdão. Até ali eu fechara as minhas feridas no escuro íntimo do lar. Que é onde a mulher deve cicatrizar. Mas, desta vez, eu ousara fazer de Cristo, exibir a cruz e a chaga pelas vistas alheias.

Ao regressar a casa, faço contas às dores. Por certo, Venâncio me espera para me fazer pagar. Por isso, me demoro na varanda como se espe-rasse um sinal para entrar. E ali permaneço, cala-da, como fazem as mulheres que, de encontro ao tempo, rezam para nunca envelhecerem.

Quando entro em casa, os estilhaços do retra-to rebrilham no chão da sala. O fotografado olhar de Venâncio pousa sobre mim, assegurando os seus direitos de proprietário. Distraída, a minha mão recolhe um vidro. Na cama de casal, meu marido está enroscado, em fundo sono. Deito-me a seu lado e revejo a minha vida. Se errei, foi Deus que pecou em mim. Eu semeei, sim, mas para decepar. Se recolhi os grãos, foi para os deitar no moinho. Há quem chame isto de amor. Eu chamo a cruel dança do tempo. Nessa dança, quem bate o tambor é a mão da morte.

Lição que aprendi: a Vida é tão cheia de luz, que olhar é demasiado e ver é pouco. É por isso que fecham os olhos aos mortos. E é o que faço ao meu marido. Lhe fecho os olhos, agora que o seu sangue se espalha, avermelhando os lençóis.

A infinita fiadeira

*(A aranha ateia
diz ao aranho na teia:
o nosso amor
está por um fio!)*

A aranha, aquela aranha, era tão única: não parava de fazer teias! Fazia-as de todos os tamanhos e formas. Havia, contudo, um senão: ela fazia-as, mas não lhes dava utilidade. O bicho repaginava o mundo. Contudo, sempre inacabava as suas obras. Ao fio e ao cabo, ela já amealhava uma porção de teias que só ganhavam senso no rebrilho das manhãs.

E dia e noite: dos seus palpos primavam obras, com belezas de cacimbo gotejando, rendas e rendilhados. Tudo sem fim nem finalidade. Todo o bom aracnídeo sabe que a teia cumpre as fatais funções: lençol de núpcias, armadilha de caçador. Todos sabem, menos a nossa aranhinha, em suas distraiçoeiras funções.

Para a mãe-aranha aquilo não passava de mau senso. Para quê tanto labor se depois não se dava a

81

indevida aplicação? Mas a jovem aranhiça não fazia ouvidos. E alfaiatava, alfinetava, cegava os nós. Tecia e retecia o fio, entrelaçava e reentrelaçava mais e mais teia. Sem nunca fazer morada em nenhuma. Recusava a utilitária vocação da sua espécie.

— *Não faço teias por instinto.*

— *Então, faz porquê?*

— *Faço por arte.*

Benzia-se a mãe, rezava o pai. Mas nem com preces. A filha saiu pelo mundo em ofício de infinita teceloa. E em cantos e recantos deixava a sua marca, o engenho da sua seda. Os pais, após concertação, a mandaram chamar. A mãe:

— *Minha filha, quando é que assentas as patas na parede?*

E o pai:

— *Já eu me vejo em palpos de mim...*

Em choro múltiplo, a mãe limpou as lágrimas dos muitos olhos enquanto disse:

— *Estamos recebendo queixas do aranhal.*

— *O que é que dizem, mãe?*

— *Dizem que isso só pode ser doença apanhada de outras criaturas.*

Até que se decidiram: a jovem aranha tinha que ser reconduzida aos seus mandos genéticos. Aquele devaneio seria causado por falta de namorado. A moça seria até virgem, não tendo nunca digerido um machito. E organizaram um amoroso encontro.

— *Vai ver que custa menos que engolir mosca* — disse a mãe.

E aconteceu. Contudo, ao invés de devorar o singelo namorador, a aranha namorou e ficou enamorada. Os dois deram-se os apêndices e dançaram ao som de uma brisa que fazia vibrar a teia. Ou seria a teia que fabricava a brisa?

A aranhiça levou o namorado a visitar a sua coleção de teias, ele que escolhesse uma, ficaria prova de seu amor.

A família desiludida consultou o Deus dos bichos, para reclamar da fabricação daquele espécime. Uma aranha assim, com mania de gente? Na sua alta teia, o Deus dos bichos quis saber o que poderia fazer. Pediram que ela transitasse para humana. E assim sucedeu: num golpe divino, a aranha foi convertida em pessoa. Quando ela, já transfigurada, se apresentou no mundo dos humanos logo lhe exigiram a imediata identificação. Quem era, o que fazia?

— *Faço arte.*

— *Arte?*

E os humanos se entreolharam, intrigados. Desconheciam o que fosse arte. Em que consistia? Até que um, mais-velho, se lembrou. Que houvera um tempo, em tempos de que já se perdera memória, em que alguns se ocupavam de tais improdutivos afazeres. Felizmente, isso tinha acabado, e os poucos que teimavam em criar esses pouco rentáveis produtos — chamados de obras de arte — tinham sido geneticamente transmutados em bichos. Não se lembrava bem em que bichos. Aranhas, ao que parece.

Entrada no Céu

Nada é repetível, tudo é repetente? Era o que eu perguntava na catequese. E mais buscava, em clareza:

— *A vida, Santo e Deus, tem segunda via?*

O Padre Bento não queria nem escutar: só a dúvida, em si, já era desobediência. Primeiro, ninguém descasca duas vezes o gergelim. Depois, vale a pena o pecado se confessável. E Bento avisava: não se entra no Céu de qualquer maneira. Aquilo lá, nos portões celestiais, requer devida licença. E mais eu perguntava: quem executa essa triagem, à entrada do paraíso? Um encartado porteiro? Um tribunal com seus veneráveis julgadores?

Passaram anos, persistiram enganos. E ainda por esclarecer me resta o assunto. É por isso que regresso ao senhor para que me escute, nem que seja em religioso fingimento. Se faça-me o favor, senhor padre, me diga: cuja essa entrada no Paraíso é à moda da raça, ou das cláusulas de sermos um zé-alguém? Os pretos como eu, salvo sou, apanham licença? Ou precisam pagar umas facilidades, encomendar um abre-boca nalgum mandante?

Estou prosapioso, mas é derivado da dúvida, Excelentíssimo. As perguntas me fazem risco na garganta. Exemplo: a pessoa pode sair diretamente da aldeia para o Céu? Assim, sem passar devidamente pela capital, nem estar documentado com guia de marcha, averbada e carimbada nas instâncias?

Depois, veja: eu não falo inglês. Mesmo em português, eu só rabisco fora da cartilha. Já estou a ver lá o letreiro, ao jeito dos filmes: welcome to paradise! E não mais saberei ler. Bem poderão me conceder a palavra. É como dar um alto-falante a um mudo.

Minha esperança é que aconteça como no baile do Ferroviário. Faz tanto tempo que aconteceu que, para lembrar, devo ir além da memória. O baile era o do fim do ano. O Padre bem sabe: o ano não é como o sol que nasce para todos. O ano acaba só para uns e começa cada vez para menos pessoas.

Eu sabia que não me iriam deixar entrar. Mas a minha paixão pela mulata Margarida era maior que a certeza de ser excluído. E assim, todo envergonhado, com vestes de empréstimo, me alinhei na fila da entrada. Eu era o único não-branco nas redondezas. Meu espanto: o porteiro não pareceu surpreso. Apoiou a mão no meu ombro e disse:

— *Entra, rapaz.*

Confundiu-me, por certeza, com um empregado de bar. Quem sabe, agora, o porteiro do Céu me confunda também e me deixe entrar, na crença de que irei prestar serviço nos lugares da criadagem?

Porque o que acontece, caro Excelentíssimo Padre, é que eu estou morrendo, escoado em sangue, por vontade do meu desviver. Vê este punhal? Não foi com ele que me golpeei. Há muito que pego na faca não pelo cabo, mas pela navalha. De tanto segurar em lâmina, minhas mãos já cortam sozinhas. Eu dispenso instrumento para decepar. Aliás, o senhor conhece esta minha deficiência, estes dedos que não me obedecem, esta minha mão que não é minha, como se ela concedesse gesto apenas à minha alma já morta. Se me matei, desta vez, foi por acutilância de meus dedos. Não fique assim, não se desabe. Recorda-se do que eu lhe pedia, padre?

— *Quero ser santo, senhor padre.*

E o senhor se ria. Que santo não podia. E porquê? Porque santo, dizia o senhor, é uma pessoa boa.

— *E eu não sou bom?*

— *Mas o santo é uma pessoa especial, mais único que ninguém.*

— *E eu, Padre, sou especialmente único.*

Que eu não entendia: um santo é uma pessoa que abdica da Vida. No meu caso, Padre, a Vida é que tinha abdicado de mim. Sim, agora entendo: os santos são santificados pela morte. Enquanto eu, eu é que santifiquei a vida.

Agora, estou no fim. Um santo começa quando acaba. Eu nunca comecei. Mas não é desta vez que a morte em mim se estreia. O meu coração se apagou foi nessa longínqua noite do baile. Entrei no salão do Ferroviário, sim. Mas fiquei fora do coração da mulata Margarida. A moça nem deu deferimento de me olhar à distância, fria e ausente. Branca entre os brancos. Foi quando ela deixou cair um copo, que se estilhaçou no chão. E eu, para lhe diminuir a atrapalhação, logo me inclinei e recolhi os cacos, reunindo-os na minha mão. Foi quando o segurança da festa, chamado pelos doutores, me agarrou no braço e me forçou a levantar. O homem me puxou pelas mãos e me apertou com tais vigores que os vidros cortaram fundo. Foi aí que decepei a carne, os nervos, os tendões. E escorreu sangue de um preto, como doença manchando o imaculado território dos brancos.

O que mais me fez sofrer, caro Padre, não foi o golpe. Não foi também o vexame. Foi Margarida ver-me ser expulso sem levantar protesto. Sofri tanto com essa desatenção dela, que a minha alma imitou o vidro: tombada aos despedaços. Quando me expulsaram já eu nem me sentia, despedido para sempre de mim.

Agora que pouco me resta, meu peito já não escuta senão a música desse baile onde a mulata Margarida me aguarda, braços estendidos a dar razão ao meu adiado viver. Estou entrando no salão de dança e, desculpe o contradito desrespeitoso, já não tenho força de mais falar. Só o desfazer dessa sua certeza: a vida, sim, tem segunda via. Se o amor, arrependido de não ter amado, assim o quiser.

O mendigo Sexta-Feira jogando no Mundial

Lhe concordo, doutor: sou eu que invento minhas doenças. Mas eu, velho e sozinho, o que posso fazer? Estar doente é minha única maneira de provar que estou vivo. É por isso que frequento o hospital, vezes e vezes, a exibir minhas maleitas. Só nesses momentos, doutor, eu sou atendido. Mal atendido, quase sempre. Mas nessa infinita fila de espera, me vem a ilusão de me vizinhar do mundo. Os doentes são a minha família, o hospital é o meu teto e o senhor é o meu pai, pai de todos meus pais.

Desta feita, porém, é diferente. Pois eu, de nome posto de Sexta-Feira, me apresento hoje com séria e verídica queixa. Venho para aqui todo desclaviculado, uma pancada quase me desombrou. Aconteceu quando assistia ao jogo do

Mundial de Futebol. Desde há um tempo, ando a espreitar na montra do Dubai Shoping, ali na esquina da Avenida Direita. É uma loja de têvês, deixam aquilo ligado na montra para os pagantes contraírem ganas de comprar. Sento-me no passeio, tenho meu lugar cativo lá. Junto comigo se sentam esses mendigos que todas sexta-feiras invadem a cidade à cata de esmola dos muçulmanos. Lembra? Foi assim que ganhei meu nome de dia da semana. Veja bem: eu, que sempre fui inútil, acabei adquirindo nome de dia útil.

É ali no passeio que assisto futebol, ali alcanço ilusão de ter familiares. O passeio é um corredor da enfermaria. Todos nós, os indigentes ali alinhados, ganhamos um teto nesse momento. Um teto que nos cobre neste e noutros continentes.

Só há ali um no entanto, doutor. É que sou atacado de um sentimento muito ulceroso enquanto os meus olhos apanham boleia para a Coreia do Sul. O que me inveja não são esses jovens, esses fintabolistas, todos cheios de vigor. O que eu invejo, doutor, é quando o jogador cai no chão e se enrola e rebola a exibir bem alto as suas queixas. A dor dele faz parar o mundo. Um mundo cheio de dores verdadeiras para perante a dor falsa de um futebolista. As minhas mágoas que são tantas e tão verdadeiras e nenhum árbitro manda parar a vida para me atender, reboladinho que estou por dentro, rasteirado que fui pelos outros. Se a vida fosse um relvado, quantos penalties eu já tinha marcado contra o destino?

Eu sei, doutor, lhe estou roubando o tempo. Vou direto no assunto do meu ombro. Pois aconteceu o seguinte: o dono da loja deu ontem ordem para limpar o passeio. Não queria ali mendigos e vadios. Que aquilo afastava a clientela e ele não estava para gastar ecrã em olho de pobre. Recusei sair, doutor. O passeio é pertença de um alguém? Para me retirarem dali foi preciso chamar as forças policiais. Vieram e me bateram, já eu estendido no chão e eles me ponteavam, com raiva como se não me batessem em mim, mas na sua própria pobreza. Proclamei que hoje voltaria mais outra vez, para assistir ao jogo. É que jogam os africanos e eles estão a contar comigo lá na assistência. Não passam sem Sexta-Feira. O dono da loja me ameaçou que, caso eu insistisse, então é que seria um festival de porrada. O que eu lhe peço, doutor, é que intervenha por mim, por nós os espectadores do passeio da Avenida Direita. O proprietário do Dubai Shoping não vai dizer que não, se for um pedido vindo de si, doutor.

Pois eu, conforme se vê, vim ao hospital não por artimanha, mas por desgraça real. O doutor me olha, desconfiado, enquanto me vai espreitando os traumatombos. Contrariado, ele lá me coloca sob o olho de uma máquina radiográfica. Até me atrapalho com tanta deferência. Até hoje, só a polícia me fotografou. Se eu soubesse até me tinha preparado, doutor, escovado a dentuça e penteado a piolheira.

Quando me mostram a chapa, porém, me assalta a vergonha de revelar as minhas pobres e desprevenidas intimidades ósseas. Quase eu grito: esconda isso, doutor, não me exiba assim às vistas públicas. Até porque me passa pela cabeça um desconfio: aqueles interiores não eram os meus. E o doutor não fique espinhado! Mas aquilo não são ossos: são ossadas. Eu não posso estar assim tão cheio de esqueleto. Aquela fotografia é de chamar saliva a hienas. Sem ofensa, doutor, mas eu peço que se deite fogo nessa película. E me deixe assim, nem vale a pena enrolar-me as ligaduras, aplicar-me as pomadas. Porque eu já vou indo, com as pressas. Não esqueça de telefonar ao dono da loja, doutor. Não esqueça, por favor. Foi por esse pedido que eu vim. Não foi pelo ferimento.

E logo me desando, já as ruas desaguam. Chego à loja dos televisores e me sento entre a mendigagem. Veja bem: tinham-me guardado o lugar em meu respeito. Isso me comove. Afinal, o doutor sempre telefonou, sempre se lembrou do meu pobre pedido. Ainda há gente neste mundo! Meus olhos brilham olhando não o jogo, mas as pessoas que olhavam a montra. Quem disse que a televisão não fabrica as atuais magias?

O que eu vi num adocicar de visão foi isto, sem mais nem menos: eu e os mendigos de sexta-feira estamos no mundial, formamos equipa com fardamento brilhoso. E o doutor é o treinador. E jogamos, neste momento preciso. Eu sou o extremo esquerdo e vou dominando o esférico, que é um modo de dominar o mundo. Por trás, os aplausos da multidão. De repente, sofro carga do defesa contrário. Jogo perigoso, reclamam as vozes aos milhares. Sim, um cartão amarelo, brada o doutor. Porém, o defesa continua a agressão, cresce o protesto da multidão. Isso, senhor árbitro, cartão vermelho! Boa decisão! Haja no jogo a justiça que nos falta na Vida.

Afinal, o vermelho é do cartão ou será o meu próprio sangue? Não há dúvida: necessito de assistência, lesionado sem fingimento. Suspendessem o jogo, expulsassem o agressor das quatro linhas. Surpresa minha — o próprio árbitro é quem me passa a agredir. Nesse momento, me assalta a sensação de um despertar como se eu saísse da televisão para o passeio. Ainda vejo a matraca do polícia descendo sobre a minha cabeça. Então, as luzes do estádio se apagam.

Maria Pedra no cruzar dos caminhos

Quando deu conta do tempo, Maria Pedra foi a correr para o cruzar dos caminhos, na encosta da Chão Oco, e ali se deitou, saia levantada à espera que algum macho a encontrasse. Era 27 de dezembro, ela tinha 22 anos e era virgem.

E assim ficou cinco dias e cinco noites, destapada e oferecida até que um vizinho a trouxe inanimada. Depositou o corpo à porta de casa, ali onde a praça se enche de luz, avistosa de todos, redonda como a vozearia da aldeia.

O que acontecera? Tinham passado tantos, e tantos dela fizeram uso que ela ficara ofendida, mal-procedida para a vida inteira. Isso dizem uns. Outros juram que ninguém ousou tocar-lhe. Que ela assim, estendida e de olhos cerrados, parecia já possuída por forças do outro mundo. E lhe escapava até, viscosa e amarelenta, uma baba dos queixos. Nem o mais carente e maiúsculo dos másculos desejaria mulher naqueles escangalhos. Ou ainda, segundo outros escondidos rumores, o vizinho se tinha despenteado com ela, anoitrevido? Esse vizinho sempre saíra um mosca-viva, homem com desculpas no cartório.

Mas a mãe assegurou: ela tinha chegado virgem. Ela mesma confirmara, espreitando-lhe as partes, abaixo dos pelos públicos. As marcas de dentes que trouxe no peito eram mordidelas de bicho, desses tão noturnos que nunca ninguém esteve desperto para os testemunhar. Naquelas cinco noites ninguém em casa se mexeu, com medo que fosse cumprimento de promessa, um preventivo de feitiço.

Pelo sim pelo enquanto, a família ficou de olho no ventre de Maria Pedra, alertada para o mais leve arredondar. Passaram-se meses e a moça mantinha-se magra, retilinda. Um suspiro percorreu todos. Se houvesse gravidez, a desconfiança rondaria entre todos. O culpado poderia ser qualquer um e até irmãos e tios caberiam entre os suspeitos.

Nove meses escoaram e, todo esse tempo, a moça não falou uma palavra que fosse. No resto, cumpria os afazeres: casa para limpar, fonte para aguar, bosque para lenhar. E, de novo, em cada noite, o sonhado fogo regressava à cinza: o infinito ciclo do seu inexistir.

Cumpria-se o último dia de setembro quando a moça arrumou uns panos, avolumou com eles uma trouxa e atou esse volume à cintura. Quem a visse caminhar, no lusco-fulgir da madrugada, diria que Maria Pedra despertara subitamente grávida. Para onde se descaminhou? Pois se dirigiu, de novo, ao cruzar dos caminhos e ali se deitou, enroscada, pteridófita. Foram avisar a mãe. Que a moça sofrera de novo acesso.

— *Vou lá* — disse a mãe, passando um gesto rápido frente ao espelho.

Alisava o ventre que engordara, fruto das preocupações que a filha lhe trouxera. O que ela sofrera, naqueles nove meses de angústia! E como se ganhasse mais decisão, repetiu:

— *Vou lá, antes que seja tarde.*

— *Para ela há muito que já é tarde.*

Era o pai, em murmúrio, num canto da sala. Inválido, o homem vivia entre o vazar de garrafa e o desarolhar de outra garrafa. O vizinho, solícito, sossegou-a:

— *Vá, à vontade. Eu tomo conta aqui do nosso homem.*

E empurrou o assento e o assentado. O marido bateu com ambas mãos nos braços da cadeira de rodas. Agredia o seu próprio destino:

— *Você devia era arranjar-me uma garrafa de rodas!*

E voltou a apagar-se, escuro no recanto escuro. O vizinho fez um sinal para que a dona de casa se afastasse, rumo aos seus afazeres.

A mãe cruzou a aldeia. Primeiro, apressada. Queria adiantar-se aos rumores, enxotar as vergonhas. Mas à medida que ia descendo a encosta, o seu passo foi esmorecendo. Vagarosa como sombra se chegou à filha que se conservava enroscada sobre a rocha do entroncamento.

— *Venha, minha filha. Volte a casa.*

— *Agora não posso* — respondeu Maria Pedra.

Uma tremura na voz? A miúda chorava. Seria dessas inventadas mágoas, dessas que ela criava apenas para se sentir existente?

— *Venha, traga essas roupas, antes que a aldeia acorde.*

A mãe puxou pelos panos que nela se enrodilhavam. A moça resistiu, as duas mulheres se disputaram com violência, até que se envolveram corpo contra corpo. Houve rasgo e unha: já sangue escorria pelas pernas da mãe. Foi quando se descortinou, por entre o emaranhado das roupas, o corpo de um menino, recém-nado. E o choro inaugural de um novo habitante.

A mãe ficou anichando o recém-recente no ofegante ventre. As duas deitadas, lado a lado, alongaram um silêncio.

— *Esse filho é seu, Maria Pedra!*

— *Sossegue, mãe. Eu digo que é meu.*

O novo padre

O engenheiro Ludmilo Gomes entrou na igreja cheio de feição. Cabelo bem grenhado, engargalado de fato e gravata. Marchava mais que aspetuado, todo enfeitado de si. Abriram-lhe alas, estava-se à espera dele. Pelo menos, Ludmilo sentiu-se como sendo esperado. Sorriu. Atrás dele, com passos míopes, se apressava o secretário Olinto Machado. E foi ele que soprou, roçando a nuca do recém-chegado:

— *Temos um novo padre, senhor engenheiro.*

Ludmilo não cedeu importância. Ali, em pleno mato da colónia de Moçambique, os padres iam e vinham. A vila era um desamparadeiro, lugar de além do fim do mundo. Ou talvez fosse o clima que suscitava os homens a pecarem. E até os padres não resistiam à luxúria que os trópicos suscitavam. Mais engenhoso que engenheiro, Ludmilo Gomes governava-se com suas próprias leis. Essa era, provavelmente, a maior vantagem de viver longe do governo central, esfumado lá na longínqua metrópole. Mas essa autonomia não colocava em causa as suas obrigações religiosas. Com ou sem padre, o português mantinha-se praticante, obediente a Deus.

Momentos antes, quando ainda cruzava a manhã para se encaminhar para os dominicais deveres, o português deu conta de que algo anormal se passava na pequena vila. Contrariamente ao habitual, alguns negros se juntavam no bairro dos brancos. À entrada da casa de Deus, havia mesmo uma aglomeração de camponeses que rodeava o canhão que ali se posicionara, desde que começara a guerra. Os homens empurravam o canhão para fora do pátio.

— *Para onde raio levam isso?*

— *Não estamos a levar. Só estamos a tirar lá para longe da igreja.*

— *Quem vos mandou?*

— *O senhor padre.*

O engenheiro ainda hesitou em tomar as contramedidas. Atrasado que estava, optou por fazer isso mais tarde. Obediência do negro de que vale se é sempre falsa? Esse era o suspiro do colono. Em África tudo é outra coisa: a mansa crueldade do leopardo, a lenta fulminância da mamba, o eternamente súbito poente. E isto era o que se dava a ver, junto ao benzido espaço da vila.

O que dizer desses iletrados matos, terras que nunca viram cruz nem luz?

Já no interior da capela, Ludmilo suspirou aliviado. Na igrejinha estavam só brancos. Não era que ele fosse racista, insistia ele. Mas era sensível aos cheiros. Nessa manhã, os seus compatriotas soslaiaram a sua chegada. E viram-no aproximar-se do altar e tomar posição para receber a hóstia.

Foi então que ele espetou a língua. As senhoras viraram a cara, recatadamente. Diziam as madames, nas resguardadas conversas do clube, que nunca se vira língua tão excessiva. Os homens comentavam à boca pequena sobre o modo despudorado como, por dá cá nenhuma palha, o engenheiro alardeava publicamente a língua. Não deveria ele ter outro exibível músculo, rematavam.

De joelhos frente à cruz, Ludmilo permaneceu longos e húmidos minutos, de língua exposta, até que o secretário lhe bichanou:

— *Não vale a pena, senhor engenheiro. Não há hóstias.*

— *Como não há?*

— *Dizem que a farinha foi distribuída para outros fins. E dizem que, doravante, vão passar a fazer hóstias com farinha de mandioca...*

— *Onde está o padre?*

O secretário nem falou: apontou para o confessionário. Ludmilo ergueu-se e aproveitou o caminho que se abria perante ele. Com altivez se ajoelhou no confessionário. Um homem superior tem que saber ajoelhar-se de modo a que não pareça submissão. O engenheiro inclinou-se até quase tocar com a cabeça na janelinha de madeira. Mesmo na casa de Deus, as paredes gostam de escutar. Ainda sorriu, ao de leve, recordando o último padre que era surdo e fingia escutar as confissões. Poderia Deus falar por sua boca, mas certamente que não ouvia pelas suas orelhas.

Desta vez, Ludmilo calculou a intensidade da fala. No início, até teve que se repetir: as palavras se mastigavam umas nas outras, as consoantes canibalizando as vogais. A eloquência do engenheiro se remelava. Finalmente, o discurso se aclarou. Que tinha pecado, tinha entrado numa cubata seguindo uma moça preta que ele há muito tinha fisgado.

— *Continue, meu filho* — encorajou o padre.

Essas pretas, não sei o que têm. A gente, de um lado, tem-lhes asco, sabe-se lá se estão lavadas, que doenças nelas se escondem. Por outro lado, os corpos delas saltam da natureza e agarram-nos pelos... entende, senhor padre?

— *Não entendo.*

Claro que não podia perceber. Era como perguntar ao chacal se tinha apreciado a alface. O engenheiro prosseguiu a narração do pecado: porque a coisa, nessa noite, tinha corrido mal. Estava assaltando a moça, e ela resistia. Ou melhor, fazia de conta que resistia, a malandra, qual a pretita que não quer ser... como direi, senhor padre, não quer ser possuída por um branco?

— *E depois, o que aconteceu?*

— *O pior ainda não revelei, padre. É que, no meio da luta, entrou na palhota o irmão da moça, chamado pelos gritos dela. O rapaz num ápice se lançou sobre a cama onde nos debatíamos. Pensei que me ia agredir. Mas ele, coitado, queria era bater na irmã por ela estar criando um conflito comigo. Sem entender, lhe atirei com um ferro. Dizem que foi aquilo que o matou. Mas eu acho, sinceramente, que ele já devia ter qualquer problema. Não se morre assim, o senhor sabe como os africanos são vítimas de maleitas e feitiços.*

O português calou-se, espreitou em redor para confirmar o sigilo da confissão. Tossiu para sugerir que estava apressado, o dolente joelho parecia espreitar-lhe pelos olhos.

— *Quantas orações devo rezar, padre?*

— *Nenhuma.*

— *O senhor me absolve? Deus me perdoa?*

— *Quem o absolve não é Deus, meu filho.*

— *Como não é Deus?*

— *Deus está cansado de ouvir. O demónio, foi o demónio quem o escutou. E de lá, do meio do Inferno, é o demónio quem o está abençoando.*

O engenheiro sentiu um calor entontecer os seus interiores. Os óculos, derretidos, descaíram pelo rosto. Assim, em desfoco, olhou a multidão como que uma desconformada espuma. Foi então que viu o padre sair do confessionário. Fosse a tontura que lhe dava, mas o coração, de um golpe, se confrangeu: o missionário era preto, retintamente negro.

Como se fosse vindo de um outro tempo, escutou o ranger das rodas do canhão. E depois, ouviu pés descalços cruzando os passeios do bairro branco. Em seguida, o silêncio. Ludmilo ainda sorriu. Seria um sorriso? Se o silêncio é sempre um engano: o falso repetir do nada em nenhum lugar. E em África tudo é sempre outra coisa.

O peixe e o homem

Pois que fez Santo António? Mudou somente o púlpito
e o auditório [...]. Deixa as praças, vai às praias; deixa a terra, vai
ao mar e começa a dizer a altas vozes: já que não me querem ouvir
os homens, ouçam-me os peixes. Oh, maravilhas do Altíssimo!
Oh, poderes do que criou o mar e a terra! Começam a ferver
as ondas, começam a concorrer os peixes, os grandes, os maiores,
os pequenos, e postos todos na sua ordem com as cabeças de fora
da água, António pregava e eles ouviam.

(Extrato do *Sermão de Santo António*,
Padre António Vieira)

Um dia destes, quando saía de casa, deparei
com meu vizinho, Jossinaldo. Estava no patamar,
como que me esperando. Dos braços cruzados,
espreitava uma trela. Me arrepiei. Sempre eu
o tinha evitado, por causa dos ditos e desditos.
O homem era conhecido pelo que fazia no parque: levava um peixe a passear pela trela. Cami-
nhava na margem do lago, segurando a trela.
No extremo da fita de couro estava amarrado,
pela cauda, um gordo peixe. Jossinaldo era, nos
gerais, tido por enjeitado: a cabeça do coitado,
diziam, cabia toda num chapéu. E acresce-se que
o temiam, sem outro fundamento que essa esta-
nheza do seu fazer.

E agora lá estava ele, a tira pendente como
uma língua que lhe emergia do corpo. Já eu
remastigava uns apressados bons dias quando

o vizinho se me interpôs e esticou o braço na minha direção.

— *Peço-lhe este favor!*

Estremeci, receoso. Que favor? E era esse mesmo obséquio: o de ir eu substituí-lo no passeio ao peixe. Esquivei-me. O homem não desistiu: que ele estava-se sentindo doente, desvanecente e o peixe do lago não podia ficar órfão, sem ninguém para o conduzir, na fluência das águas.

— *Por amor, não recuse!*

Fiquei vacilando enquanto, dentro de mim, ecoavam os rumores que descontavam em Jossinaldo e seus descostumes. No bairro todos acreditavam compreender o comportamento do exótico morador. Meu tio, por exemplo, deitava o seguinte entendimento: que o vizinho havia sido um pescador e, agora, arrependido, aplicava graças nesse peixe doméstico. A culpa de tanto anzol lhe espetava a alma e ele se redimia, penitente. Meu avô discordava. Aquilo, para ele, tinha outras, mais fundas explicações. Não ouvíramos falar do sermão de Santo António aos peixes? Recordávamos o que fizera o Santo António que deixara o auditório das praças e se deslocara para o mar, lançando palavra sobre os seres de guelra e escama. Pois, Jossinaldo descobrira que havia sido o inverso: um certo peixe havia pregado aos homens e lhes espalhara a moral sem lições. Os homens atribuíam aos peixes as indecorosas ganâncias que eram da exclusiva competência humana. Adjetivavam a peixaria: os mandantes do crime são chamados de «tubarões». Os poderosos da indecência são «peixe graúdo». Os pobres executantes são o «peixe miúdo». E afinal, onde não há crime é lá dentro das águas, lá é que há a tal de propalada transparência. Pois, quem pregava o sermão, o Santo António aquático era o próprio peixe do lago. Era ele o sermonista.

Minha sabedoria é ignorar as minhas originais certezas. O que interessa não é a língua materna, mas aquela que falamos mesmo antes de nascer. Por isso, me dei licença de escutar Jossinaldo. E fui saindo de casa, caminhando ao mesmo passo do afamado vizinho, lado com lado. Na rua me olhavam, surpresos. Então eu autorizava a companhia do proscrito, no pleno da via pública? Debaixo dos olhares, nos dirigimos ao parque e parámos junto ao lago.

— *Veja como ele vem a correr.*

E era a maior verdade. O peixão, na vista do vizinho, se aproximou da berma. Jossinaldo debruçou-se e enlaçou a trela à volta da cauda do animal.

— *Vá, pegue na trela para ele lhe ganhar familiaridades.*

Com o coração de fora, lá segurei na corda. O bicho veio à superfície da água e me olhou com olhos, até me custa escrever, com olhos de gente. E remergulhando me conduziu ele a mim, pela margem. Contornei por inteiro a lagoa para me reencontrar com Jossinaldo.

— *Deixe-me despedir dele!*

Ajoelhado sobre as águas, o vizinho falou palavras que não eram de língua nenhuma conhecida. Ficou, tenho medo de dizer, conversando com o peixe. Ergueu-se Jossinaldo, lágrima escorrendo, e me apertou as mãos, as duas em duplicado. Não falou, retirou-se em silêncio.

Sou eu agora quem, pela luz das tardes, passeia o peixe do lago. À mesma hora, uma misteriosa força me impele para cumprir aquela missão, para além da razão, por cima de toda a vergonha. E me chegam as palavras do vizinho Jossinaldo, ciciadas no leito em que desfalecia:

— *Não existe terra, existem mares que estão vazios.*

Dentro de mim, vão nascendo palavras líquidas, num idioma que desconheço e me vai inundando todo inteiro.

A carta de Ronaldinho

«O problema não é ser mentira.
É ser mentira desqualificada.»

(Provérbio da Munhava)

Uns aprendem a andar. Outros aprendem a cair. Conforme o chão de um é feito para o futuro e o de outro é rabiscado para sobrevivência. Filipão Timóteo pisava ou era pisado pelo chão? O mundo do velho já semelhava a um relvado de futebol: ali ele defrontava a Vida, fintando o tempo e esticando a partida para período de compensação.

— *Me restam duas saídas* — sorria ele —, *ou perder ou ser vencido.*

E o dente avulso, já de tão solto, abanava com riso. No bar da Munhava, o velho reformado retorcia a volta ao destino. No meio do cervejeiral, Filipão se vingava. Prova era o salto fantástico e o grito que, de quando em quando, se escutava na rua:

— *Goooloooo!*

O pulo é o desajeito humano de ensaiar um voo. A alegria de Filipão só podia ser medida em asas, tanto de céu eram seus brados. Sozinho no bar, o velho celebrava o golo da sua equipa. As pessoas passavam e olhavam pelo vidro Filipão aos saltos festejando vitórias. Como um peixe dentro do aquário, esperando que a vidraça afastasse a chegada do fim.

Quando saltava, caía-lhe o aparelho da surdez e ele passava o resto do tempo de gatas, procurando o salvador instrumento entre as imundícies do chão. Para tão pouco voo, tanto quadrupedar-se pelo chão!

As pessoas sabiam: não havia televisor. O bar era pobre e, para além do balcão, não sobrava apetrecho. O que havia na parede era um desenho de um ecrã rabiscado a carvão. Filipão desenhara o televisor com detalhe de engenheiro. E ali estavam compostos com perfeição os botões, a antena, os fios. Pobre não festeja por causa da alegria. A alegria é que nele se instala e faz a festa ter casa e causa.

Filipão chegava manhã cedo, carregava no falso botão do inexistente aparelho e se sentava na habitual mesa, ao fundo da sala. Pedia a sagrada cerveja e sorvia o líquido como se bebesse pelos olhos lentos. Bebia todo ele, a sua alma era uma boca. Estalava a língua, ruidosamente. Depois rabiscava num velho e seboso papel uns desenhos: as táticas do jogo. Filipão organizava os esquemas táticos, arquitetava a força anímica.

Que se estava em pleno Mundial, a distração é a morte do guarda-redes.

Depois, já deitadas as instruções, o velho vinha à porta da taberna e gritava para o exterior:

—*Já começou!*

E se adentrava para assistir a mais um desses jogos que só ele testemunhava na sua imaginação.

Até que, um dia, vieram buscá-lo. Eram os filhos que viviam na cidade. O mais velho disse:

— *Venha, pai, não queremos que continue sozinho aqui na vila.*

— *Já todos se riem, pai* — confirmava o mais novo.

Filipão ajustou o aparelho auditivo como se não estivesse ouvindo bem. Não iria nem arrastado. Que ali estava seguindo o Mundial. Mais que isso: dando instruções técnicas. Ele o «mister», o senhor sem anéis.

— *Desde quando, pai? Desde quando é que esse Mundial se arrasta?*

Os outros fizeram sinal para que não se usasse os argumentos da realidade. Seria pior. Deixassem-no crer que nesse imaginário televisor desfilavam verdadeiros jogos, capazes de fabricar autênticas alegrias. A realidade não é um sonho fabricado pelos mais ricos?

E assim se ficou. Filipão no sonho do jogo, os outros no jogo dos sonhos. Um dia, o filho mais novo trouxe uma carta. Era um papel sério, com carimbo e redigido em máquina.

— *O que é isso?*

— *Isso é para o senhor, meu pai.*

— *Não sabe que eu não leio letras?*

O filho ajustou os óculos e leu em voz alta. Era uma convocatória da Federação Nacional de Futebol. Congratulando-o pelo seu contributo para o desporto e pelos galardões alcançados pela seleção. Chamavam-no para ir para a capital. Para descansar junto da família.

— *Essa carta é falsa!*

— *Como falsa?! Tem carimbo, tem assinatura, tem tudo.*

— *Veja esta outra carta!*

E o pai estendeu um envelope ao filho. Tinha selo do Brasil e estava assim endereçada: Senhor Filipão Timóteo, Bar da Munhava. Assim, sem emenda nem gatafunho. Em baixo, a assinatura bem desenhada: Ronaldinho Gaúcho. O moço foi saindo, sem fôlego para palavra. A voz do pai o fez parar.

— *E já agora, meu filho...*

— *Sim?* — o filho perguntou, sem se virar.

— *Você pode-me trazer lá da cidade um pauzinho de giz que é para eu desenhar um televisor novinho?*

O dono do cão do homem

Conto-vos como fui traído não pela minha amada, mas pelo meu cão. Deixado assim sem palavra, sem consolo. Devia haver um hotel para os donos de cães abandonados pelos bichos. Com ligas de amigos e associações de proteção e senhoras benfazejas, ajustando consciência em leilões de caridade. Não se trata de concluir sobre a geral ingratidão canina. Apenas um aviso aos outros dedicados e fiéis donos de bichos.

Sou um qualquer da vulgar raça humana, sem comprovado *pedigree* e, se tiver cabimento em jornal, será nas páginas de anúncios desclassificados. Já o meu cão, ao contrário, é de apurada raça, classe comprovada em certificado de nascença. O bicho é bastante congénito, cheio de hereditariedade. *Retriever*, filho de *retriever*, neto de bisneto. Na pura linha dos ancestrais, como os reis em descendência genealógica. Mais caricato é o nome com que já vinha batizado. Esse nome, de tão humano, quase me humilha: Bonifácio. Nome de bicho? Vou ali e não venho.

Aos fins da tarde, eu o levava a passear. Isto é: ele me arrastava na trela. Bonifácio é que escolhia os atalhos, as paragens, a velocidade. E houve vezes que, para não dar inconveniências, eu me rebaixei a ponto de lhe recolher o fedorento cocó. Prestei tal deferência aos meus próprios filhos? Depois de toda esta mordomia, as pessoas atentavam apenas nele:

— *Belo exemplar, lindo bicho* — diziam.

Quando me notavam era por acidente e acréscimo. Eu, humildemente eu, na outra extremidade da trela. Eu, o atrelado, de simples raça humana, sem prova de pureza. O meu cão, senhor e dono, estava acima dos verbos animais. Não cheirava: aspirava os sofisticados odores nas árvores. Não urinava. Se aliviava com dignidade, mais a fio de aprumo. E se sujava a rua, não era ele o imundo: as vergonhas eram-me endereçadas a mim e só a mim.

A minha disposição ia agravando à medida dessas injustiças a ponto de eu já rosnar quando atrelava o Bonifácio. Essa contrariedade devia traduzir-se em meu rosto quando, certa vez, me perguntaram:

— *Morde?*

Respondi que não, estivessem à vontade e se aproximassem do bicho.

— *Não me referia ao cão, mas a si.*

Foi o primeiro alerta. Me assaltou o receio: um dia me obrigariam a usar açaimo. E apresentar certidão de vacina.

Passei a evitar sair com o bicho. Apenas quando a cidade se desabitava, e já nem os noturnos uivos ecoavam pelos becos, é que eu ousava passear o Bonifácio. Pois foi numa dessas vezes que ele, obediente à sua natureza canina, desfechou umas tantas dentadas num gato. Aquilo deu alarido e pedidos de responsabilidade. E foi a mim que se dirigiram, nervosos:

— *Está vacinado?*

— *Quem, eu?* — inquiri, já desvalido.

Não houve mais réplica, nem tira-teimas. Ser dono de gato tem maiores vantagens: a pessoa se convence que ou o bicho é virtual ou existe apenas em horas próprias. Mas, dentro de mim, não descacimbava a dúvida: desconfiavam que tivesse sido eu a morder? Eu já estava perdido, inválido para direitos humanos. Como se podia suspeitar que, entre eu e o Bonifácio, seria eu o mordedor? Bem sei que a boca humana alberga os ditos dentes caninos. E no focinho de Bonifácio morava um sorriso de imaculada inocência.

Para fecho do caso do felino, tive que acarretar todas as culpas e indemnizações. E Bonifácio, em alegre displicência, pronto para outros ataques a gatos inocentes e civis. Aquilo foi o transbordar. O melhor amigo do cão é o homem? Pois eu, por amor de mim, decidi fugir de casa, deixar para trás tudo, vizinhos, amigos, os gastos e os ganhos de uma vida inteira. E nem me dei mal, tal era o alívio de não ter que me manter doméstico e domesticado. Feliz, me alojei em toca bruta, numa arrecadação vaga no jardim público. Desfrutando autêntica vida de cão. Ali me deitavam uns restos. Às vezes, com mais sorte, uns *doggy-bags*. Saudoso da minha pessoal existência de pessoa? É que pensar já nem era verbo para mim. Homem que ladra não morde, eu ladrava e a caravana passava.

Até que uma destas tardes, meu cão, o tal de Bonifácio, surgiu no horizonte do relvado. Vinha-se arrastando pelo parque, tristonho como um outono. Quando me viu, a cauda quase se lhe desatou, em violentas pendulações. Correu em minha direção e, saltitonto, me lambuzou. Ele parecia tão contente que, por momentos, meu coração vacilou e meus olhos se inundaram. Ao chegar-se, mais próximo, vi que trazia uma trela na boca. Agitou-a como que sugerindo para eu o conduzir, uma vez mais, pelos cheirosos caminhos.

— *Oh, como é esperto!* — comentaram os presentes, comovidos.

— *Fui eu que o ensinei* — comentei, todo ufano.

— *Referíamo-nos a si, meu caro.*

Foi o culminar, a gota transbordante. Nem me faltava falar, era o que eu deveria ter acrescido. Mas não falei, nem ladrei. E é sem fala que deixo o meu lamentoso destino. Só a última pergunta: haverá um concurso para homens adestrados? Não me respondam a mim. Quem quer saber é o Bonifácio, meu antigo dono e senhor. É isso que eu leio em seus olhos sempre que ele passa, alto e altivo, pelo parque onde eu vou trocando pulgas com outros canídeos, meus colegas de infortúnio.

Os machos lacrimosos

Eles se encontravam por causa de alegrias. No bar de Matakuane, os homens anedotavam, fabricando risadas. Um único móbil: festejavam a vida. As suas esposas não suportavam aquele disparatar. Afinal, elas, as mulheres, não precisam de ritual para festejar a vida. Elas são a festa da vida. Ou a vida em festa? Para elas, aquela cumplicidade masculina era coisa de tribo. Reminiscência atávica.

Mas os homens não se importavam. Fosse atávico e tribal, eles mantinham o cerimonial. Cada um que chegava ao bar disparava, logo à entrada:

— *Sabem a última?*

E assim se produziam eles, se consumiam elas. Até que sucedeu a noite em que Luizinho Kapa--Kapa, o grande animador dos encontros, trouxe

a notícia tristonha. Estava-se em lua muito min-
guante e ali, na esplanada, pela primeira vez, os
copos ficaram cheios toda a noite. É que Luizinho foi desenrolando a história com voz acabru-
nhada. Antes de chegar ao busílis do relato, quem
sabe um irreversível falecimento, Kapa-Kapa cas-
cateou-se em pranto. E os amigos, copo suspenso,
em redor da mesa:
— *Então, Kapa-Kapa, como é que é?*
Até o musculoso e calado estivador Silvestre
Estalone ajudava a animar o lamentoso:
— *Verticaliza, homem, verticaliza.*
Mas o choroso todaviou-se. E foi crescendo
de choraminguado para carpideiro. Entre soluços, soltava os fios da fúnebre narrativa. Já nem
se percebia palavra, tal maneira as falas vinham
envoltas em babas. Na sala surgiu um lenço e
rodou de mão em mão, coletando excessos. Tarde
de mais: as chamas da tristeza já haviam devora-
do o coração de Kapa-Kapa.
Desistiram de o consolar. Amolecidos, os amigos foram-se rendendo a um descaimento no
peito, o singelo peso da lama na alma. Fosse isso
a tristeza. E chegou mesmo a escorrer, dissimu-
lata, uma lágrima no rosto barbudo do dono do
estabelecimento.
No dia seguinte, quando se sentaram no bar,
ainda foi disparado um gracejo. *Sabem a última?*
Mas o homem logo se arrependeu: o que ele estava a dar era um ar de sua desgraça. A melancolia
se instalara como toalha sobre a mesa. Silvestre

Estalone ainda insistiu com nova graça. Mas ninguém riu. Estava-se mais interessado em escutar os novos capítulos da tristeza.

E pediram a Luizinho Kapa-Kapa: ele que divulgasse mais detalhes, rasgando véus, desocultando destinos. E o Luizinho desfez-se na vontade: o drama se desfolhou, ante o olhar lacrimoso dos presentes. Não tardou que todos chorassem babas e rebanhos.

E foi sucedendo uma e outra noite. Uma e outra rodada de tristeza. Os baristas de Matakuane foram deixando a piada e o riso. E passaram a partilhar lamentos, soluços e lágrimas. E até Silvestre Estalone, o mais macho e sorumbático da tribo, acabou confessando:

— *Nunca eu pude imaginar, malta. Mas como é bom chorar!*

Chorar, mas chorar junto, acrescentaram os outros. E até um se lembrou de propor uma associação de choradores. Pudessem mesmo substituir as profissionais carpideiras dos velórios. Mas os restantes se opuseram, firmes. Afinal, ainda neles restava o fundo preconceito macho de que lágrima pública é coisa para o mulherido.

E foi sucedendo tão devagar que nem parecia acontecer. Ocorria, porém, que os antigos anedoteiros passaram a mudar de trato com o mundo. Aos primeiros sinais do anoitecer lá um declarava ter que regressar a casa.

— *Para ajudar a minha gente* — confessava, meio envergonhado.

E um outro declinava a insistência de mais uma bebida.

— *Não quero que a minha patroa se zangue* — justificava.

— *Quem quer bebida, pede medida* — proverbiavam todos.

E mesmo o Silvestre, que era quem sempre fechava o bar, apelava para que olhassem o relógio. Voltassem todos aos seus lares, convidava o ex-boémio.

— *Sim, vamos para nossas casas. Mas não sem derramarmos mais uma lágrima.*

— *Sim, sai uma para o caminho.*

E lá vinha mais história de puxar lustro à tristeza. Que chorar era coisa de maricas, isso já nenhum se lembrava. Nos arredores do bar, a noite se adoçava, escutando-se o suave soluçar da rapaziada.

As mulheres até recearam ao ver tanta mudança: seus homens, inexplicavelmente, se revelavam mais delicados e atenciosos. E palavras, flores, carinhos: tudo isso elas passaram a receber. Mordedura de mosca, repentina mudança de idade? E acertaram nem sequer perguntar. Aquilo era tão bom, tão inverosímil, que o melhor era deixar dormir a poeira.

Hoje quem passa pelo bar de Matakuane pode certificar: chorar é um abrir do peito. O pranto é o consumar de duas viagens: da lágrima para a luz e do homem para uma maior humanidade. Afinal, a pessoa não vem à luz logo em pranto? O choro não é a nossa primeira voz?

E é o que, por outras palavras, sentencia Kapa-Kapa: a solução do mundo é termos mais do nosso ser. E a lágrima nos lembra: nós, mais que tudo, não somos água?

O rio das Quatro Luzes

O coração é como a árvore — onde quiser volta a nascer.

(Adaptação de um provérbio moçambicano)

Vendo passar o cortejo fúnebre, o menino falou:

— *Mãe: eu também quero ir em caixa daquelas.*

A alma da mãe, na mão do miúdo, estremeceu. O menino sentiu esse arrepio, como descarga da alma na corrente do corpo. A mãe puxou-o pelo braço, em repreensão.

— *Não fale nunca mais isso.*

Um esticão enfatizava cada palavra.

— *Porquê, mãe? Eu só queria ir a enterrar como aquele falecido.*

— *Viu? Já está falar outra vez?*

Ele sentiu a angústia em sua mãe já vertida em lágrima. Calou-se, guardado em si. Ainda olhou o desfile com inveja. Ter alguém assim que chore por nós, quanto vale uma tristeza dessas?

À noite, o pai foi visitá-lo na penumbra do quarto. O menino suspeitou: nunca o pai lhe dirigira um pensamento. O homem avançou uma tosse solene, anunciando a seriedade do assunto. Que a mãe lhe informara sobre seus soturnos comentários no funeral. Que se passava, afinal?

— *Eu não quero mais ser criança.*

— *Como assim?*

— *Quero envelhecer rápido, pai. Ficar mais velho que o senhor.*

Que valia ser criança se lhe faltava a infância? Este mundo não estava para meninices. Porque nos fazem com esta idade, tão pequenos, se a vida aparece sempre adiada para outras idades, outras vidas? Deviam-nos fazer já graúdos, ensinados a sonhar com conta medida. Mesmo o pai passava a vida louvando a sua infância, seu tempo de maravilhas. Se foi para lhe roubar a fonte desse tempo, por que razão o deixaram beber dessa água?

— *Meu filho, você tem que gostar viver, Deus nos deu esse milagre. Faça de conta que é uma prenda, a vida.*

Mas ele não gostava dessa prenda. Não seria que Deus lhe podia dar outra, diferente?

— *Não diga disso, Deus lhe castiga.*

E a conversa não teve mais diálogo. Fechou-se sob ameaça de punição divina.

O menino permanecia em desistência de tudo. Sem nenhum portanto nem consequência. Até que, certa vez, ele decidiu visitar seu avô.

Certamente ele o escutaria com maiores paciências.

— *Avô, o que é preciso para se ser morto?*

— *Necessita ficar nu como um búzio.*

— *Mas eu tanta vez estou nuzinho.*

— *Tem que ser leve como lua.*

— *Mas eu já sou levinho como a ave penugenta.*

— *Precisa mais: precisa ficar escuro na escuridão.*

— *Mas eu sou tinto e retinto. Pretinho como sou, até de noite me indistinto do pirilampo avariado.*

Então, o avô lhe propôs o negócio. As leis do tempo fariam prever que ele fosse retirado primeiro da vida. Pois ele falaria com Deus e requereria mui respeitosamente que se procedesse a uma troca: o miúdo falecesse no lugar do avô.

— *A sério, avô? O senhor vai pedir isso por mim?*

— *Juro, meu filho. Eu amo de mais viver. Vou pedir a Deus.*

E ficou combinado e jurado. A partir daí, o menino visitava o avô com ansiedade de capuchinho vermelho. Desejava saber se o velho não estaria atacado de doença, falho no respirar, coração gaguejado. Mas o avô continuava direito e são.

— *Tem rezado a Deus, avô? Tem-Lhe pedido consoante o combinado?*

Que sim, tinha endereçado os ajustados requerimentos. A troca das mortes, o negócio dos finais. Esperava deferimento, ensinado pela paciência. Conselho do avô: ele que, entretanto, fosse meninando, distraído nos brincados. Que, ainda agora, o que ele se lembrava era o mais antigo de sua existência. E lhe contou os lugares secretos de sua infância, mostrou-lhe as grutas junto ao rio, perseguiram borboletas, adivinharam pegadas de bichos. O menino, sem saber, se iniciava nos amplos territórios da infância. Na companhia do avô, o moço se criançava, convertido em menino. A voz antiga era o pátio onde ele se adornava de folguedos. E assim sendo.

Uma certa tarde, o avô visitou a casa dos seus filhos, sentou-se na sala e ordenou que o neto saísse. Queria falar, a sós, com os pais da criança. E o velho deu entendimento: criancice é como amor, não se desempenha sozinha. Faltava aos pais serem filhos, juntarem-se miúdos com o miúdo. Faltava aceitarem despir a idade, desobedecer ao tempo, esquivar-se do corpo e do juízo. Esse é o milagre que um filho oferece — nascermos em outras vidas. E mais nada falou.

— *Agora já me vou* — disse ele — *porque senão ainda adormeço com minhas próprias falas.*

— *Fique, pai.*

— *Já assim velho, sou como o cigarro: adormeço na orelha.*

Se ergueu e, na soleira, rodou como se tivesse sido assaltado por pedaço de lembrança. Acorreram, em aflição. O que se passava? O avô serenou: era apenas cansaço. Os outros insistiram, sugerindo exames.

— *O pai vá e descanse com muito cuidado.*

— *Não é desses cansaços que nos pesam. Ao contrário, agora ando mais celestial que nuvem.*

Que aquela fadiga era a fala de Deus, mensagem que estava recebendo na silenciosa língua dos céus.

— *Estou ser chamado. Quem sabe, meus filhos, esta é nossa última vez?*

O casal recusou despedir-se. Acompanharam o avô a casa e sentaram-no na cadeira da varanda. Era ali que ele queria repousar. Olhando o rio, lá em baixo. E ali ficou, em silêncio. De repente, ele viu a corrente do rio inverter de direção.

— *Viram? O rio já se virou.*

E sorriu. Estivesse confirmando o improvável vaticínio. O velho cedeu às pálpebras. Seu sono ficou sem peso. Antes, ainda murmurou no ouvido de seu filho:

— *Diga a meu neto que eu menti. Nunca fiz pedido nenhum a nenhum Deus.*

Não houve precisão de mensagem. Longe, na residência do casal, o menino sentiu reverter-se o caudal do tempo. E os seus olhos se intemporaram em duas pedrinhas. No leito do rio se afundaram quatro luzências.

Da feição que fui fazendo, vos contei o motivo do nome deste rio que se abre na minha paisagem, frente à minha varanda. O rio das Quatro Luzes.

O caçador de ausências

Fui salvo por raspão de milagre. Ou dando nome ao justo: me salvou o leopardo, mais seu roargido. Mas estou saltando a linha sobre o parágrafo. Comecemos pelo ponto inicial.

Com a licença do acontecido: eu tinha ido insistir com o compadre Vasco Além-Disso Vasco para que ele me pagasse antiga dívida. Ia na esperança de voltar carregado. Até levava saco vazio para facilitar o meu regresso. Há muito que o compadre me devia uns dinheirões. Mas ele sempre argumentava — tinha sido a guerra, agora era a paz.

Vasco não devia só a mim, mas ao mundo. Por razão disso, ele se remetera para lonjuras do além, isolado nos vastos matos. Ele e sua esposa Florinha. Ah, a Florinha! Quanta lembrança me encostava essa mulher! Eu tivera um caso com ela, faz tempo. Mas tinha sido mais um ocaso que um caso. Não me recosturara daquela ferida. Sabem aquela misteriosa luz que parece arredondar o escuro quando apagamos todas as luzes? Pois, Florinha era essa luz. Quando fecho os olhos para me passear no passado, ela é a primeira a visitar-me. Seu corpo não é apenas a primeira memória. Ele é a porta que abre todas as restantes lembranças.

E foi abençoado por essa saudade que cheguei ao lugar do Vasco. Bati à porta, ele nem atendeu. Não fugiu nem rugiu. Mandou um miúdo com mensagem da sua ausência: não estava e, além disso, estava ausente. E mais: Vasco Além-Disso Vasco mandara dizer que, agora, residia em incerteza de parte. Ainda insisti:

— *E Florinha também deu ausência?*

— *Florinha? Não sabe que aconteceu com ela?*

— *Não.*

O miúdo falou que Florinha fugira de casa, numa noite dessas. Diz-se que ela se entranhara na floresta, deambulando sem destino. Ainda lhe seguiram o rasto até à curva do rio. Depois, subitamente, nenhuma pegada, nenhum vestígio, nenhuma gota. Mal soube da fuga, Vasco ordenou que todos espalhassem vigília e desgrenhassem capins e arvoredos. Enlouquecido passou o mato a pente fino. Pobre homem: abanava a árvore para cair fruto, mas quem tombou foi serpente. A solidão se enroscou, definitiva, no seu viver. E o homem se azedou a pontos de se raivar contra tudo e todos. Quem sabe tinha sido boa fortuna eu ter falhado encontrar-me com esse Vasco? Com certeza, ele me receberia a tiro de espingarda...

Assim, com saco vazio e alma magra eu me fiz ao mato, ensaiando um arrastoso regresso. Trazia comigo o meu nenhum dinheiro, bolso enchido de sopro. Um céu triste me enevoava. Pela primeira vez, chamava lembranças e a Florinha não comparecia. Estranhei, com suspeição. Porque ela se tinha retirado da sua ausência?

Meu sobressalto tinha razão. Porque, sem saber, um contrabandoleiro me tinha seguido desde a cidade. O malandro sabia, por certo, que eu ia coletar um montante. Tomando-me por um zé-alguém, o bandido me emboscou. Saltou de um penhasco, sombra encostando-se-me no corpo. Foi espetando nariz no meu hálito enquanto encostava o cano da espingarda no meu pé. Olhei para baixo, em respeito do medo.

De repente, o valor das minhas partes inferiores se desenhou, superior, ante o meu juízo. Cada pé sustenta mais que uma perna, meio corpo, meia vida. Um pé suporta o passado, outro dá apoio ao futuro. Aquele pé que o matulão me ameaçava, eu sabia, aquele pé dava sustento ao meu futuro.

— *Esse, não. Lhe peço, dispare no outro pé.*

A mão do mautrapilho procurou encosto no meu ombro. Era gozo de tocar-me? Ou seria o gosto de me ver liquedesfazer em tremuras? Eu já fazia descontos na minha vivência, mais vazado que o saco que tremia em meu regaço. Corajoso é o que esquece de fugir? Pois, imóvel fiquei até que se escutou o formidável rugido, clamor de cavernosos dentes. Cruz em peito, credo na boca! O que seria um tal escarcéu? E eis que um leopardo se subitou entre os ramos das árvores. E soou o disparo, tangenciando o instante. Tombei no meio de gritaria. Que se passara? O bandido, tomado de susto, disparou em seu próprio corpo. Tudo se passou em fração de um «oh» e, no rebuliço, ainda acreditei ver um dedo maiúsculo voando, avulsamente pelo ar. Mas eu já me desencadeara dali, correndo tanto que os quilómetros se juntaram às léguas. Em pulos e tropeços, a distância me foi escudando.

Mas, contudo e porém. Mordido por ter cão, mordendo por não o ter. E eu me salvava de balázio para me perder na escura selva. Salvei-me da boca, metia-me no dente? Olhei em volta e o verde me enleava, pegajoso. Dormi com o relento, lençolei-me com o infinito da estrela. Pensava que era noite de passagem. Mas rodopiei mais noites às voltas, zarantolo. Assisti às quatro estações da lua. Comi raiz, masquei folha, trinquei casca, cuspi-me a mim. Beberiquei orvalhos, na cafeteira da madrugada.

Já eu tinha perdido contas às manhãs quando ao despertar me rasgou um susto. Focinhando em meu rosto estava o leopardo. Minha alma caiu de joelhos, me entreguei a meu próprio fim. O felino achegou-se e estacou a rasar-me o corpo. Olhei seus olhos e estremeci até às lágrimas: ali estavam, serenos e espantosos, os olhos de quem eu nunca me curara de ter amado.

— *Florinha!*

E mesmo debaixo de tontura entreguei meu rosto, meu pescoço ao afago. Tanto que não senti nem dente, nem sangue. Os outros dizem que foi milagre o bicho não consumar em mim sua matadora vocação. Só eu guardo meus secretos motivos.

Enterro televisivo

«Uns olham para a televisão. Outros olham pela televisão.»

(Dito de Sicrano)

Estranharam quando, no funeral do avô Sicrano, a viúva Estrelua proclamou:
— *Uma televisão!*
— *Uma televisão o quê, avó?*
— *Quero que me comprem uma televisão.*
Aquilo, assim, de rompante em plenas orações. Dela se esperava mais ajustado desejo, um ensejo solene de tristeza, um suspiro anunciador do fim. Mas não, ela queria naquele mesmo dia receber um aparelho novo.
— *Mas o aparelho que vocês tinham avariou?*
— *Não. Já não existe.*
— *Como é isso, então? Foi roubado?*
— *Não, foi enterrado.*
— *Enterrado?*
— *Sim, foi junto com o corpo do vosso falecido pai.*
Tudo havia sido congeminado junto com o

coveiro. A televisão, desmontada nas suas quantas peças, tinha sido embalada no caixão. Era um requisito de quem ficava, selando a vontade de quem estava indo.

Na cerimónia, todos se entreolharam. O pedido era estranho, mas ninguém podia negar. O tio Ricardote ainda teve a lucidez de inquirir:

— *E a antena?*

Esperassem, fez ela com a mão. Tudo estava arquitetado. O coveiro estava instruído para, após a cerimónia, colocar a antena sobre a lápide, amarrada na ponta da cruz, em espreitação dos céus. Aquela mesma antena, feita de tampas de panela, ampliaria as eletrónicas nos sentidos do falecido. O velho Sicrano, lá em baixo, captaria os canais. É um simples risco a diferença entre a alma e a onda magnética. Por razão disso, a viúva Estrelua pediu que não cavassem fundo, deixassem o defunto à superfície.

— *Para apanhar bem o sinal* — explicou a velha.

O Padre Luciano se esforçou por disciplinar a multidão, ele que representava a ordem de uma só voz divina. Com uns tantos berros e ameaças ele reconduziu a multidão ao silêncio. Mas foi sossego de pouca dura. Logo, Estrelua espreitou em volta, e foi inquirindo os condoídos presentes:

— *E o Bibito, onde está?*

— *O Bibito?* — se interrogaram os familiares.

Ninguém conhecia. Foi o bisneto que esclareceu: Bibito era o personagem da novela brasileira. A das seis, acrescentou ele, feliz por lustrar conhecimento.

— *E a Carmenzita que todas as noites nos visita e agora não comparece!*

De novo, o bisneto fez luz: mais uma figura de uma telenovela. Só que mexicana. O filho mais velho tentou apaziguar as visões da avó. Mas qual Bibito, qual Carmen?! Então os filhos de osso e alma estavam ali, lágrima empenhada, e ela só queria saber de personagem noveleira?

— *Sim, mas esses ao menos nos visitam. Porque a vocês nunca mais os vimos.*

Esses que os demais teimavam em chamar de personagens, eram esses que adormeciam o casal de velhotes, noite após noite. Verdade seja escrita que a tarefa se tornava cada vez mais fácil. Bastava um repassar de cores e sonos para que as pestanas ganhassem peso. Até que era só ligar e já adormeciam.

— *Quem vai ligar o aparelho hoje?*

— *É melhor não ser você, marido, porque noutro dia adormeceu de pé.*

De novo, o padre invocou a urgência de um silêncio. Que ali havia tanto filho e mais tanto neto e ninguém conseguia apaziguar a viúva? Os filhos descansaram o padre. Que sim, que iam conduzi-la dali para o resguardo da casa. Estrelua bem merecia o reparo de uma solidão. E prometeram à velha que não precisava de um outro aparelho, que eles iriam passar a visitá-la, nunca mais a deixariam só. A avó sorriu, triste. E assim a conduziram para casa.

Aquela noite, ainda viram a avó Estrelua atravessar o escuro da noite para se sentar sobre a campa de Sicrano. Deu um jeito na antena como que a orientá-la rumo à lua. Depois passou o dedo pelos olhos a roubar uma lágrima. Passou essa aguinha pela tampa da panela como se repuxasse brilho. De si para si murmurou: *é para captar melhor*. Ninguém a escutou, porém, quando se inclinou sobre a terra e disse baixinho:

— *Hoje é você a ligar, Sicrano. Você ligue que eu já vou adormecendo.*

A avó, a cidade e o semáforo

Quando ouviu dizer que eu ia à cidade, Vovó Ndzima emitiu as maiores suspeitas:

— *E vai ficar em casa de quem?*

— *Fico no hotel, avó.*

— *Hotel? Mas é casa de quem?*

Explicar, como? Ainda assim, ensaiei: de ninguém, ora. A velha fermentou nova desconfiança: uma casa de ninguém?

— *Ou melhor, avó: é de quem paga* — palavreei, para a tranquilizar.

Porém, só agravei — um lugar de quem paga? E que espíritos guardam uma casa como essa?

A mim me tinha cabido um prémio do Ministério. Eu tinha sido o melhor professor rural. E o prémio era visitar a grande cidade. Quando, em casa, anunciei a boa nova, a minha mais-velha não se impressionou com meu orgulho. E franziu a voz:

— *E, lá, quem lhe faz o prato?*
— *Um cozinheiro, avó.*
— *Como se chama esse cozinheiro?*

Ri, sem palavra. Mas, para ela, não havia riso, nem motivo. Cozinhar é o mais privado e arriscado ato. No alimento se coloca ternura ou ódio. Na panela se verte tempero ou veneno. Quem assegurava a pureza da peneira e do pilão? Como podia eu deixar essa tarefa, tão íntima, ficar em mão anónima? Nem pensar, nunca tal se viu, sujeitar-se a um cozinhador de que nem o rosto se conhece.

— *Cozinhar não é serviço, meu neto* — disse ela. — *Cozinhar é um modo de amar os outros.*

Ainda tentei desviar-me, ganhar uma distração. Mas as perguntas se somavam, sem fim.

— *Lá, aquela gente tira água do poço?*
— *Ora, avó...*
— *Quero saber é se tiram todos do mesmo poço...*

Poço, fogueira, esteira: o assunto pedia muita explicação. E divaguei, longo e lento. Que aquilo, lá, tudo era de outro fazer. Mas ela não arredou coração. Não ter família, lá na cidade, era coisa que não lhe cabia. A pessoa viaja é para ser esperado, do outro lado a mão de gente que é nossa, com nome e história. Como um laço que pede as duas pontas. Agora, eu dirigir-me para lugar incógnito onde se deslavavam os nomes! Para a avó, um país estrangeiro começa onde já não reconhecemos parente.

— *Vai deitar em cama que uma qualquer lençolou?*

Na aldeia era simples: todos dormiam despidos, enrolados numa capulana ou numa manta conforme os climas. Mas lá, na cidade, o dormente vai para o sono todo vestido. E isso minha avó achava de mais. Não é nus que somos vulneráveis. Vestidos é que somos visitados pelas valoyi e ficamos à disposição dos seus intentos. Foi quando ela pediu. Eu que levasse uma moça da aldeia para me arrumar os preceitos do viver.

— *Avó, nenhuma moça não existe.*

Dia seguinte, penetrei na penumbra da cozinha, preparado para breve e sumária despedida, quando deparei com ela, bem sentada no meio do terreiro. Parecia estar entronada, a cadeira bem no centro do universo. Mostrou-me uns papéis.

— *São os bilhetes.*

— *Que bilhetes?*

— *Eu vou consigo, meu neto.*

Foi assim que me vi, acabrunhado, no velho autocarro. Engolíamos poeiras enquanto os alto-falantes espalhavam um roufenho ximandje-mandje. A avó Ndzima, gordíssima, esparramada no assento, ia dormindo. No colo enorme, a avó transportava a cangarra com galinhas vivas. Antes de partir, ainda a tentara demover: ao menos fossem pouquitas as aves de criação.

— *Poucas como? Se você mesmo disse que lá não semeiam capoeiras.*

Quando entrámos no hotel, a gerência não autorizou aquela invasão avícola. Todavia, a avó falou tanto e tão alto que lhe abriram alas pelos corredores. Depois de instalados, Ndzima desceu à cozinha. Não me quis como companhia. Demorou tempo de mais. Não poderia estar apenas a entregar os galináceos. Por fim, lá saiu. Vinha de sorriso:

— *Pronto, já confirmei sobre o cozinheiro...*

— *Confirmou o quê, avó?*

— *Ele é da nossa terra, não há problema. Só falta conhecer quem faz a sua cama.*

Aconteceu, depois. Chegado do Ministério, dei pela ausência da avó. Não estava no quarto, nem no hotel. Me urgenciei, aflito, pelas ruas no encalço dela. E deparei com o que viria a repetir-se todas tardes: a vovó Ndzima entre os mendigos, na esquina dos semáforos. Um aperto me minguou o coração: pedinte, a nossa mais-velha?! As luzes do semáforo me chicoteavam o rosto:

— *Venha para casa, avó!*

— *Casa?!*

— *Para o hotel. Venha.*

Passou-se o tempo. Por fim, chegou o dia do regresso à nossa aldeia. Fui ao quarto da vovó para lhe oferecer ajuda para os carregos. Tombou-me o peito ao assomar à porta: ela estava derramada no chão, onde sempre dormira, as tralhas espalhadas sem nenhum propósito de serem embaladas.

— *Ainda não fez as malas, avó?*

— *Vou ficar, meu neto.*

O silêncio me atropelou, um riso parvo pincelando-me o rosto.

— *Vai ficar, como?*
— *Não se preocupe. Eu já conheço os cantos disto aqui.*
— *Vai ficar sozinha?*
— *Lá, na aldeia, ainda estou mais sozinha.*

A sua certeza era tanta que o meu argumento murchou. O autocarro demorou a sair. Quando passámos pela esquina dos semáforos, não tive coragem de olhar para trás.

O verão passou e as chuvadas já não espreitavam os céus quando recebi encomenda de Ndzima. Abri, sôfrego, o envelope. E entre os meus dedos uns dinheiros, velhos e encarquilhados, tombaram no chão da escola. Um bilhete, que ela ditara para que alguém escrevesse, explicava: a avó me pagava uma passagem para que eu a visitasse na cidade. Senti luzes me acendendo o rosto ao ler as últimas linhas da carta: «... *agora, neto, durmo aqui perto do semáforo. Faz-me bem aquelas luzinhas, amarelas, vermelhas. Quando fecho os olhos até parece que escuto a fogueira, crepitando em nosso velho quintal...*».

O menino que escrevia versos

De que vale ter voz
se só quando não falo é que me entendem?
De que vale acordar
se o que vivo é menos do que o que sonhei?

(Versos do menino que fazia versos)

— *Ele escreve versos!*
Apontou o filho, como se entregasse crimino-so na esquadra. O médico levantou os olhos, por cima das lentes, com o esforço de alpinista em topo de montanha.
— *Há antecedentes na família?*
— *Desculpe, doutor?*
O médico destrocou-se em tintins. Dona Serafina respondeu que não. O pai da criança, mecânico de nascença e preguiçoso por destino, nunca espreitara uma página. Lia motores, inter-pretava chaparias. Tratava-a bem, nunca lhe bate-ra, mas a doçura mais requintada que conseguira tinha sido em noite de núpcias:
— *Serafina, você hoje cheira a óleo Castrol.*
Ela hoje até se comove com a comparação: per-fume de igual qualidade qual outra mulher ousa

sequer sonhar? Pobres que fossem esses dias, para ela, tinham sido lua de mel. Para ele, não fora senão período de rodagem. O filho fora confeccionado nesses namoros de unha suja, restos de combustível manchando o lençol. E oleosas confissões de amor.

Tudo corria sem mais, a oficina mal dava para o pão e para a escola do miúdo. Mas eis que começaram a aparecer, pelos recantos da casa, papéis rabiscados com versos. O filho confessou, sem pestanejo, a autoria do feito.

— *São meus versos, sim.*

O pai logo sentenciara: havia que tirar o miúdo da escola. Aquilo era coisa de estudos a mais, perigosos contágios, más companhias. Pois o rapaz, em vez de se lançar no esfrega-refrega com as meninas, se acabrunhava nas penumbras e, pior ainda, escrevia versos. O que se passava: mariquice intelectual? Ou carburador entupido, avarias dessas que a vida do homem se queda em ponto morto?

Dona Serafina defendeu o filho e os estudos. O pai, conformado, exigiu: então, ele que fosse examinado.

— *O médico que faça revisão geral, parte mecânica, parte elétrica.*

Queria tudo. Que se afinasse o sangue, calibrasse os pulmões e, sobretudo, lhe espreitassem o nível do óleo na figadeira. Houvesse que pagar por sobressalentes, não importava. O que urgia era pôr cobro àquela vergonha familiar.

Olhos baixos, o médico escutou tudo, sem deixar de escrevinhar num papel. Aviava já a receita para poupança de tempo. Com enfado, o clínico se dirigiu ao menino:

— *Dói-te alguma coisa?*

— *Dói-me a vida, doutor.*

O doutor suspendeu a escrita. A resposta, sem dúvida, o surpreendera. Já Dona Serafina aproveitava o momento: *Está a ver, doutor? Está ver?* O médico voltou a erguer os olhos e a enfrentar o miúdo:

— *E o que fazes quando te assaltam essas dores?*

— *O que melhor sei fazer, excelência.*

— *E o que é?*

— *É sonhar.*

Serafina voltou à carga e desferiu uma chapada na nuca do filho. Não lembrava o que o pai lhe dissera sobre os sonhos? Que fosse sonhar longe! Mas o filho reagiu: longe, porquê? Perto, o sonho aleijaria alguém? O pai teria, sim, receio de sonho. E riu-se, acarinhando o braço da mãe.

O médico estranhou o miúdo. Custava a crer, visto a idade. Mas o moço, voz tímida, foi-se anunciando. Que ele, modéstia apartada, inventara sonhos desses que já nem há, só no antigamente, coisa de bradar à terra. Exemplificaria, para melhor crença. Mas nem chegou a começar. O doutor o interrompeu:

— *Não tenho tempo, moço, isto aqui não é nenhuma clínica psiquiátrica.*

A mãe, em desespero, pediu clemência. O doutor que desse ao menos uma vista de olhos pelo caderninho dos versos. A ver se ali catava o motivo de tão grave distúrbio. Contrafeito, o médico aceitou e guardou o manuscrito na gaveta. A mãe que viesse na próxima semana. E trouxesse o paciente.

Na semana seguinte, foram os últimos a ser atendidos. O médico, sisudo, taciturneou: o miúdo não teria, por acaso, mais versos? O menino não entendeu.

— *Não continuas a escrever?*

— *Isto que faço não é escrever, doutor. Estou, sim, a viver. Tenho este pedaço de vida* — disse, apontando um novo caderninho — *quase a meio.*

O médico chamou a mãe, à parte. Que aquilo era mais grave do que se poderia pensar. O menino carecia de internamento urgente.

— *Não temos dinheiro* — fungou a mãe entre soluços.

— *Não importa* — respondeu o doutor.

Que ele mesmo assumiria as despesas. E que seria ali mesmo, na sua clínica, que o menino seria sujeito a devido tratamento. E assim se procedeu.

Hoje quem visita o consultório raramente encontra o médico. Manhãs e tardes ele se senta num recanto do quarto onde está internado o menino. Quem passa pode escutar a voz pausada do filho do mecânico que vai lendo, verso a verso, o seu próprio coração. E o médico, abreviando silêncios:

— *Não pare, meu filho. Continue lendo...*

Uma questão de honra

Todas as manhãs, os reformados Quintério Luca e Esmerado Fabião jogavam às damas no bar da vila. Ocupavam sempre a mesma mesa, junto à vitrina. As pessoas passavam e, invariavelmente, encontravam os velhos debruçados sobre o tabuleiro. Pareciam estátuas guardando o tempo.

— *Comi-lhe a dama* — reclamava Fabião.

— *Há tempo que você não come dama nenhuma, Quintério!*

E riam, a sobrados dentes. Para haver desafinação são precisos dois tocadores. Quintério e Fabião preferiam essa fingida desarmonia ao afinado silêncio de uma boca só. Existiam juntos, como o pescoço e a dobra do lençol.

Hora de fechar, Fabião e Quintério se retiravam deitando uma derradeira olhada sobre o tabuleiro. As peças ficavam em posição estudada e acertada. Dia seguinte, regressavam e retomavam a partida. Conversavam mais que jogavam. Maldiziam o mundo, esse mundo em que já nem a terra é natural. Apenas o bar sobrevivia à deterioração geral. O tempo é um fruto: na medida, amadurece; em demasia, apodrece.

À volta do tabuleiro os dois tinham construído uma ilha, um castelo sem areia onde ainda valiam a palavra, a honra e a amizade. Eles os cavalheiros e, no tabuleiro, as damas.

Quanto mais envelheciam, mais os jogos demoravam. O último decorria desde há semanas. Enquanto um jogava, o outro passava pelo sono. O aconchego do pequeno bar era o melhor lugar para dormirem. Ao menos ali estavam longe da abandonada solidão de seus quartos. O bar era o lar. E cada um deles era, para o outro, a humanidade inteira.

Até que, um dia, sucedeu o conflito. Nessa manhã, incidentou-se o seguinte: as peças tinham mudado de posição. As jogadas se desenhavam agora em desfavor de Quintério Luca. O velho entesou a voz, em aplicação de zanga:

— *Siwale, você veio aqui essa noite?*

— *Minha honra!* — negou Esmerado Fabião.

— *O jogo não estava assim, nem tão pouco.*

— *Mas eu acabei de entrar agora. Entrámos juntos, não entrámos?*

— *Então, quem mexeu no tabuleiro? Já viu: o meu jogo encontra-se todo comestível...*

— *Com isso eu que não tenho a ver, Quintério.*
Mais grave não podia ser. Decidiram consultar
o doutor juiz. Encontraram-no na barbearia do
Covane. Altisentado, preparado para a barbeação
do cabelo. Quase o desconheceram: o juiz moder-
nizara o visual e passara a rapar a cabeça, aos
modos da moda. Permaneceu imóvel e distante
enquanto escutou o relato dos reformados.

— *Diga-nos, senhor doutor: pode um jogo
mexer-se sozinho à noite?*

— *Depende* — respondeu o juiz.

Passou a mão suada pelo couro descabeludo.
E acrescentou, enquanto se espreitava ao espelho:

— *São fenómenos.*

Os velhos boquiabriam-se, sem expressão.
Nunca tinham escutado palavra com tais sílabas.
Mas bastava que o juiz a pronunciasse para que o
universo ganhasse congruência.

— *É isso que se chamam fenómenos paranormais.
Nunca ouviram falar?*

— *É que, ultimamente, estamos aqui na vila,
sem sair para nenhum lado.*

— *Psicocinese, tropismos sem casualidade deter-
minada. Entendem?*

Mentiram acenando com as cabeças. Fez-se
pausa, espessou-se o silêncio. Os velhos alinhados, mãos cruzadas em respeito ante a curva do
ventre. Mas não havia mais a ser dito. O juiz,
entre vénias e licenças, se retirou. Passando pelos
mortais com seu ar divino, o juiz se resumia
numa palavra: fenomenal.

Retiraram-se também os velhos, ombros
estreitos, passos miúdos. Na rua, Esmerado
Fabião sublinhou sua inocência:

— *Eu não disse que não tinha mexido em nada?*

E separaram-se, cada um conforme sua solidão. Quintério Luca deitou-se no seu quarto,
calado, mal digerido. Para ele, aquilo tinha sido
um irrevogável rasgão. Já não lhe apetecia voltar
ao bar, não lhe apetecia viver. Em sua consciência
não havia reverso: confiança manchada, amizade
desmanchada.

Noite alta, Quintério saiu de casa, cruzando a
vila como a coruja furtiva. Bateu na porta da residência do juiz. O magistrado, estremunhado, de
roupão, entreabriu-lhe os olhos inquisitivos.

— *Desculpe, excelência, mas é que uma pergunta
ficou-me encravada e quase nem consigo respirar.*

— *Fale, homem.*

— *É que não entendi bem. Afinal, o compadre
Fabião aldrabou ou não?*

— *A ética, meu caro Quintério, a ética é profun-
damente irrelevante, num caso destes. E agora, vá
com Deus. Deixe dormir os homens de bem.*

Quintério Luca, voz educada, voltou a insistir.
O doutor lhe perdoasse, mas não o mandasse
embora assim, na ética de Deus. Era pobre, não
tinha palavra dispendiosa. Mas ele não podia
ficar torturado por aquela dúvida. Que aquilo não
era um simples caso de batota ao jogo. Fabião
estava a embatotar a vida. Porque, afinal, nunca
tinha sido às damas que eles jogavam. O que

faziam, repartidamente, era distraírem a espera do fim. E o compadre Fabião era a quem confiava sua única e última riqueza: gordas lembranças, magras confidências.

Foi então que o juiz se alertou, num arrepio. Não foi mais que um simples rebrilho no escuro: o que Luca trazia por baixo do braço era uma antiga, mas autêntica espingarda. O juiz aconchegou o roupão como se invadido pelo repentino de um frio. O velho ainda demorou a perguntar:

— *Se eu matar Esmerado Fabião terei desculpa de sua excelência?*

— *Não. Terei que o culpar.*

— *Então, com a devida desculpa, acho que tenho que matar primeiro o senhor doutor juiz.*

E disparou sobre o aterrado magistrado. Mas sem ponto na mira. A bala sulcou os céus, sem rumo. O guarda-costas do juiz, aparecido das traseiras da casa, devolveu disparo. O velho Quintério Luca tombou vegetalmente, já sem suspiro.

Desde então, quem passa no bar da vila pode ver Esmerado Fabião sentado na eterna mesa, contemplando a cadeira vaga na sua frente. No intervalo dos cabeceios, ele vai repetindo:

— *É a sua vez, compadre! É a sua vez de jogar.*

Peixe para Eulália

A seca durava há anos. Sem pingo, sem lágrima, sem gota. Estranhava-se a tanta agrura daquela estiagem. Só podiam ser as irrazoáveis razões. Tudo isso desacontecia em Nkulumadzi.

Pediram parecer a Sinhorito. Era um tresandarilho, incapaz de solver nenhum problema. Que a simples existência era, para ele, uma insuperável dificuldade. Só podia ser por brincadeira que lhe pediam explicação para a não comparência da chuva. Mas foi a ele que se dirigiram para saber da razão daquele destempero do tempo. Sinhorito nunca tinha sido consultado nem para secundar opinião de outro. Quanto mais para dar parecer. Ficou insdrúxulo, a debicar luzes dentro da cabeça. Nem emitiu boca, nem autorizou mosca.

— *Calem para ouvirmos bem o que ele vai falar!*

A risada esperava, no arco tenso da multidão. Necessitava-se de um escape para o destino. Um bode respiratório. Sinhorito era conhecido por não ter sabedoria de nada. Única especialidade que dele se dizia: seus olhos seriam portáteis, de tirar e aplicar. O próprio proclamava: que ele, sempre que lhe dava a gana, arrancava os globos oculares e os escondia nas mãos. Sempre que se avizinhava momento penoso ou coisa feia, Sinhorito retirava os olhos. Uma coruja negra entrava na treva da noite, janelas por onde saía o mundo e vazava o corpo. Nunca ninguém assistiu. Dizia-se, talvezmente. Mas, enfim. Ninguém é só atrasado: outras habilidades se esconderão, em outra dimensão do ser. Desconfie-se.

— *Assim sem as vistas, quem sabe, evito as feiuras dessa vida.*

Todavia, ninguém acreditava em tais prodígios. Apenas Eulália, a mulher dos Correios, se declarava crente. E ela lhe pedia, enquanto no assento da praça:

— *Vá, tire agora.*

E ele, de pálpebras fechadas, exibia o cerrado dos punhos. Que estavam ali, seus dois olhos, vivos como peixes fora de água. A mulher sorria e mandava que fossem repostos. Que ela merecia era ser vista, ainda que gasta e engordada. E o moço grunhia que era o modo de sua risada. E recarregava os olhos no lugar do rosto.

Pois era a este Sinhorito que consultavam agora sobre o antidilúvio. E rodeavam-no, preparados para troçar. Não teriam outra glória, nem vitória. A chacota do palerma lhes servia. O moço enchia o rosto, olhos rondando no vácuo, à procura de um esboço para uma ideia. Depois, ousou falar:

— *Se calhar...*

— *Se calhar?*

— *Ou quem sabe, o céu está de pernas para o ar?*

Os primeiros risos. O disparate já começava a desenhar-se, segundo as expectativas. A aldeia, quanto mais pequena, mais carece de um louco. Como se por via desse louco se salvassem, os restantes, da loucura. Mas eis que, no momento, a palma da mão ordenava contenção:

— *Esperem. Esperem que o gajo ainda vai dizer mais. Acaba lá, Doutor Sinhorito.*

— *É que, quem sabe...*

— *Quem sabe o quê?*

— *Quem sabe a chuva está caindo para o lado de lá do céu...*

Deflagraram as gargalhadas. E repetiram, uns e outros, o absurdo do desatinado. No fim, dispersaram. Ficou só Eulália, a dos Correios, toda sentada e imóvel junto do apalermado. Então, ela lhe segurou a mão e lhe pediu que não ficasse triste. E assim, como confissão primeira, disse:

— *Eu acredito em si. Já me choveu uma água dessas, de outro céu...*

E beijou na testa o moço. Depois, ela se enroscou junto aos pés dele. Sinhorito, delicado,

fez questão. Queria corrigir a sua postura, tirá-la
do chão. Mas Eulália desfez seus intentos.

— *Deixe-me assim, na sua sombra. Nunca tive
quem me protegesse.*

Sinhorito quedou-se imóvel. Tão compene-
trado em fazer sombra que adormeceu, singelo e
desprovido. E ela se retirou, subtil como brisa.

Muitas sombras passaram, muito sonho
desandou. Só a seca não passava. E já nem havia
atmosfera, apenas calores. Já a sede ombreava
com a fome. E nem verde nem carne, tudo se
consumira, do sol ao solo. E os seres ganha-
ram fraqueza: os bichos vitamínimos, as plantas
franzininhas. Até Eulália aconteceu de adoecer.
Magra de se contar mais ossos que os que realmente detinha. E já nem forças tinha para sofrer.
Carecia de urgente substância.

Quando soube do estado de Eulália, o moço
se encheu de gravidade e mandou convocar a
aldeia de Nkulumazi. À praça cheia, ele anunciou:

— *Senhores, eu vou ser pescador! Digo, quem
sabe...*

E adiantou: não houvesse mais aflição de
peixe e não-peixe. As panelas iriam, muito próximo, rever esse bicho escamoso, já preparado em
postas, mesmo antes de sair das águas.

— *Das águas? Quais elas?*

Mais risos. Pescasse ele em seu próprio suor.
Pois não havia nem rio nem lagoa que restasse.
Sinhorito apontou os céus, acima da cabeça.

— *Vou lá, vou subir às águas de lá.*

Entrou no barco e ajeitou-o em posição vertical, proa virada ao firmamento. Face ao espanto geral, Sinhorito começou a remar. Os remos cruzavam o ar, vincados no vazio. As bocas abertas, em multidão de exclamações, se inexplicavam: o barco subia em invisível afluente de nuvem. Os remos, mais e mais, semelhavam asas. E o barco transparecia em ave. Até que as nuvens engoliram aquela inteira visão. Então, alguém gritou:

— *Venham ver. Vejam, Sinhorito que sobe!*

Mas já ele se extinguia, gradualmente nulo. Depois, se apagou, ponto no infinito.

— *Onde ele está?*

Foi, nunca mais desceu. Ainda esperaram que Sinhorito tombasse, desamparado, mais sua embarcação. Como nada sucedesse, um por um, os aldeões regressaram a suas casas. Ficou Eulália, só e sozinha. E ali na praça ela montou espera de um acontecimento. A mulher olhava o céu, fosse sol, fosse estrelas. Mas Sinhorito não descia. Nem ele nem a chuva que se propôs buscar. E ainda menos um qualquer peixe.

Vieram buscá-la. Vieram familiares, veio o chefe dos Correios. Puxaram-na, força contra a vontade. Eulália contrariou os intentos. Apontava, desapontada, o vasto céu.

— *Há de vir, há de voltar...*

Que ela jurara não o abandonar lá, onde há tanto que remar. Mas o cunhado maior interpôs proibição: nem sonhasse. Sinhorito era louco.

A moça esquecesse que o fulano existira, fizera ou sonhara. Eulália parecia conformada. Mas, por dentro, ela arrumara segredo: construiria um barco, ao modo que Sinhorito fizera. Foi juntando pau e tábua, às escondidas.

— *Um dia, quem sabe, um dia...* — repetia enquanto acarretava materiais.

Foi tudo descoberto, num entretanto. Pelas fúrias tudo foi ardido. Queimavam-se as madeiras como se se eliminasse um foco de impurificação.

Eulália, entretanto, regressara à serenidade. Parecia ter cancelado seu delírio. Ou ganhara juízo mais calmo? Só os olhos grandes vasculhavam as nuvens enquanto passeava pelos campos. Um dia, porém, ela entrou, em alvoroço, pela cozinha. Anunciou:

— *Caíram duas chuvinhas do céu.*

Riram-se. Como chovem só duas unidades, gotas de contar por dedos de camaleão? A mulher insistiu, gritou, empurrou. Já todos na varanda, apontou entre os capins os dois olhos de Sinhorito. Haviam caído do céu como dois frutos de carne. E estavam esbugalhados, espantados com coisa vista lá de onde tombaram.

A mulher, escapando dos braços que a continham, correu a apanhar o achado. Mas quando ainda se debruçava, o céu se abriu em relampejos. E choveu, chuva gorda, farta, despenteada trança de água no colo do universo. E peixes, aos cardumes, resvalaram dos céus.

É esta história que, agora, Eulália conta quando, na aldeia, os outros lhe pedem para falar do dia que choveu peixe. E riem-se do pasmo ao espasmo. Com a fartura de quem sabe da magreza de suas vidas. Vale não haver escassez de loucos. Uns seguindo-se aos outros, em rosário. Como contas de missanga, alinhadas no fio da descrença.

Glossário

Cangarra: cesta de palha para transportar galináceos.
Chuinga: pastilha elástica (do inglês *chewing gum*).
Maka: problema, conflito.
Mamba: espécie de cobra venenosa.
Quissimusse: Natal, nas línguas do Sul de Moçambique. Corrup-
tela do inglês *Christmas*.
Siwale: compadre.
Valoyi: feiticeiras.
Ximandjemandje: dança; ritmo musical.